# ある言語学者の回顧録

―七《なな》十《そ》踰《ゆ》矩《く》―

Osamu Sakiyama
崎山 理

風詠社

# ある言語学者の回顧録

## —七《なな》十《そ》踰《ゆ》矩《く》—

# まえがき

書名の副題、七十踰矩《ななそゆく》は、論語「七十而従心所欲、不踰矩（七十にして心の欲するところに従い、則を越えない）」から逆説的にとったもの。本年二月、心のおもむくままに、しかし力を振り絞って、従来の日本語系統論を批判しつつ、新たな日本語形成論を上梓することができた。従来の研究方法、言語の混合と意味の分析に新風を吹き込んだという点では、十分に則を越えたと自負している。この書において、私は日本語形成における原点に立ち返り、日本語史の深淵を覗き見たような気すらしている。それは、はるかかなたにあって現代に微光しか届かなくなった現代日本語の揺籃期の姿が、私の形成論によってほぼ明らかにされたと言ってもよい。興味をもたれた方は、『日本語「形成」論―日本語史における系統と混合』三省堂（二〇一七）を是非ご一読ください。

この四月で、実際に七十歳代も超えてしまったが、人生八十にもなると、「うづゑ（卯杖）をつきてこそやそぢ（八十路）のさか（坂）はこ（越）ゆべかりけり」（『藤原重家集』一一七八）という諫言もあり、卯杖で邪気や病魔を払いながら、日々を自重してこなしてゆかなければならない。行く末はもはや不透明である。しかし、老子は「絶學無憂（学ぶことを止めれば憂いはなくなる）」という。これも逆説的に、憂いがあっても学ぶことだけは死ぬまで続けてゆこうと思う。

本書は、講演用原稿の八を例外として、これまでに活字になった文章、エッセイから選んだものからなるが、出所はそれぞれの文の後に記す。もともと論文として書いたものではないため散逸寸前であったり、手元にないものは探し出してコピーしたものもあるが、このような記録としてまとめることができたのは幸いである。もはや埋もれるままに眠っていた文章が突如起こされて、吃驚しているものもあるだろう。これだけが、私の来し方すべてを物語るものではさらさらないが、里程標にはなっているようだ。私は、「言語学」の殻に籠城し保身するような、狭く限られた言語学を潔しとしない。その学問的影響は、長く勤務した国立民族学博物館における豊かな内的・外的環境から得られたことも大きいが、言語というのは文化の一要素としてしか考えられないというのが、私の学生時代から一貫して堅持してきたスタンスである。すなわち、言語のない人間文化はあり得ないと同様に、文化から切り離した言語も考えられない。この文化には、当然ながら無文字社会も含まれる。このような言語学は、言語そのものを研究対象とする言語哲学とは対極的な位置にあり、言語人類学と呼ばれる。あえて細目にこだわるならば、私の言語学は言語人類学である。

今文章を読むと不本意な個所も多い。最低限の誤謬を訂正し、書き加えまた削除したが、原則的に誤字・脱字を直したほか、ほぼ原文のままである。とくに表記法の統一も行っていない。対談での会話体もそのままにした。ただし、写真は割愛せざるを得なかった。また湯浅、片山両教授が対談の再録を快諾してくださったことにお礼を申しあげたい。

追悼文には思い出すままに、簡単に人柄を紹介した。私の人生においてこのような錚錚たる良き師、良き友と出会えたことに、今改めて深い感謝の気持ちで一杯である。

目　次◎ある言語学者の回顧録―七十《ななそ》踰矩《ゆく》

装幀　２ＤＡＹ

# 留学・調査記

## 一　インドネシアに学んで

### シスワロカンタラ財団

東南アジアにおいて現在、最も目まぐるしい動きを続けるインドネシアに私が滞在したのは、一九六四年九月から一九六六年十月までの約二ヶ年である。この間に、マレーシア対決、国連脱退、九月三十日運動、平価切下げ等の矢つぎ早に起こる政治的事件を、私は身をもって経験し、また、それによる影響が私の滞在目的にも影響し目的の変更を余儀なくされる場合も起こった。私の渡航はインドネシアにおける唯一の組織的な外国人学生招聘機関、シスワロカンタラ財団（Yayasan Siswa Lokantara）の書類選考に合格し留学許可が与えられたのであるが、この財団の存在については日本であまり知る人もなく、まず簡単にその紹介をしておく。インドネシアでは「××財団」という少人数で運営されている財団が数多くあり、財団という名称から決して欧米の、またわが国のそれを想像してはならないのである（むしろ日本でいう基金に当たる）。組織は、社会福祉省のなかに置かれた援助資金財団（全インドネシア向けの宝くじを販売し、その収益は社会建設にまわされる。総裁はスカルノ大統領）の傘下にあって、資金源としての予算は完全にこの援助資金財団に依存している。

このシスワロカンタラ財団の目的は友好国の学士級以上の志願者に対し、社会科学、文化、言語、身体障害者リハビリテーションの四部門に資金援助するということである。リハビリテーションが含まれているのは、この財団が社会福祉省がらみであることから理由がうなづかれよう。原則として期間は一ヶ年であるが、一ヶ年経過しても研究者の事情によって延長可能である。私の滞在中、ヨグヤカルタ（ジョグジャカルタは俗称）近郊の農村にすみついてフィールドを行っていたスウェーデン王立博物館からの文化人類学専攻の学生は三ヶ年半の長期にわたっていたし、またタイからの留学生はインドネシア大学法学部の正規の課程を終えるため四ヶ年の許可が与えられていた。留学生には研究方法上でとくに制限はなく、大学で聴講生となってもよいし、また、フィールドワークを行う場合も事情を斟酌して許される。年ごとの留学生の採用数も一定しているわけではなく、学生アパートの収容力に応じ、流動的である。ちなみに一九五七年から一九六〇年まで十一名（このうちで英国人が五名を占めるが、一九六三年九月の英国との国交が険悪化して以降、英国人の採用は中止された）を受け入れているにすぎない。私の滞在中、出入りした学生はアメリカ・二名、オーストラリア二名、スウェーデン一名、アルゼンチン一名、タイ一名、日本一名であった。留学の条件として英語の十分な能力を持つことが必須とされるが、インドネシア語の知識は別に要求されているわけではない。インドネシア語の習得のために入国後、財団がインドネシア大学留学生別科にその学生を送りこむか、またはアパートで行われる週三日のインドネシア語講習会に出席させられる。私が滞在したとき、後に初等文化教育副大臣となった、タマンシスワ学園教諭のモハマッド・サイド氏が授業を担当していた。（インドネシア語の厄介な接辞法の用法についての、痒いところに手がとどくような氏の説明がじつに巧みで、日本における私のインドネシア語の授業にもどれほど恩恵を受けたか分からない。）学生の能力にもよるが、だいたい三ヶ月はこの講習を受けなくては外に出してもらえない。また、三ヶ月ごとに研究経過報告を提出することが義務づけられている。学生には住居（三食、洗濯、掃除付き）の保証があるほか、審査された上で必要な図書購入費、医療費、財団の承認を得て国内を旅行する場合、現地での滞在費（下宿費）や行き来の交通費も支払ってもらえる。そのほか、わずかながら月々に小遣いが支給される。インドネシアのインフレーションは、私の滞在した約二ヶ年の間にアメリカドルに対し、インドネシアの通貨ルピアの価値がちょうど一〇〇倍になったが、このような経済状態の中にあって、例えば財団の職員の平均給料は、闇相場で換算するならば、月十ドルを上がらず（米が別に支給される）、これを生活費のすべてにあてているのである。だからインドネシアの給料生活者でアルバイトをしていないものはない。ただし、この数字だけを見てその生活は悲惨だというのは当たらないかも知れない。ぜい沢品は別にして、それなりの必要を満たしてくれる商品は質が悪くとも非常に安く売られているからである。しかし、留学生にとって月々にいただく小遣いだけでは十分ではないから、資料を購入したり国内を旅行するためには相応の自費は準備していなければならない。

財団の諸規則にも非常にゆるい点がある。それは財団の規模の小ささにも関係する。小ささが、ある場合には家庭的という意味で便利であり、また煩わしいと思えば、かえって不便になることもある。財団の組織は長のアンワル・チョクロアミノト氏（インドネシア回教連盟党首）、副長、会計書紀のアリスムナンダル氏、その他顧問として四名のメンバー（その一人はインドネシア大学文学部教授スチプト・ウィルヨスパルト博士）および三名の事務職員から構成され、月に一度定期会議が開かれるほか、学生への日常生活への采配はほとんどアリスムナンダル氏によって行われる。学生アパートはジャカルタ郊外の閑静な住宅地、新クバヨラン地区にあり六名まで滞在できるが、アパートに隣接して氏の住居があるため、氏および家族と良好な関係を保ってゆかなければならない。ジャカルタから離れて地方で生活したい場合もこの会議で決定がなされるが、許可されると希望地で滞在するために民宿を斡旋してもらえ、また生活に必要な経費も負担してくださる。しかし、外地に出ることはまず不可能でジャワ島・バリ島に限られ、それも大都会でないと難しい。というもの、国内のトランスポーテーション、通信の悪さに身元責任者である財団が心配してのことであり、また地方においてインドネシア人と外国人の間のトラブルを極度に警戒しているためであった。なお、当然のことながら、インドネシア語の運用能力が十分でなければ絶対に地方に出してもらえない。私は、さいわい中部ジャワのヨグャカルタでの生活を許可されたけれども、折しも国内の政情が騒然としてきて、私の滞在中では、私が地方滞在者として許可された最後の学生となった。

## 渡航目的 ― 地方語習得、文献調査

私の渡航目的は、インドネシア語のより深い研究のほかインドネシアの地方語の現状を調査、研究することであった。また未調査の地方語も数多くあり、オランダ人によって比較的多くの成果が残されたのはスマトラ、カリマンタン、ジャワ、バリに限られ、スラウェシ、マルク諸島の言語にいたってはほとんどまだ手がつけられていないという状況である。しかし、この地域で行われる言語は、インドネシア語派（現在の分類では西部マライ・ポリネシア諸語）とメラネシア

語派（現在の分類ではオセアニア諸語の一派）との間に位置しているところから、その形態論的な相違を解く鍵をもった言語がインドネシア側にあるのではないかと仮定してみたのである。また一方で、ジャワ島内部にも西部ジャワ州南バンテンの山中深くに住み、非常に排他的といわれるバドゥイ人（推定人口三万人）がおり、東部ジャワ州のブロモ山麓にはテンゲル人（推定人口二千人）が住んでいる。テンゲル人は、オランダ時代から高地を利用した野菜栽培を行うことで知られるようになったが、バドゥイ人もテンゲル人もイスラム教侵入後に山中に逃れたジャワ人の一派といわれていて、原始ヒンドゥー教とアニミズムの混成した宗教をもつらしい。しかし、言語はもとより、その実態は明らかでない。言語も古典ジャワ語の特徴を保つものかもしれない。この点でも是非調査してみたい研究対象であった。

しかし、インドネシアに渡航してみて財団という枠のなかでそういう調査を行うことの困難さが徐々に判明した。最初に許可された一年間の滞在ではその準備のために必要な期間がとれないこと、そしてより効果的な成果を上げるためにジャワ語の研究に方向を転じたのである。ジャワ語については、インドネシアの一地方語と考えられているだけで、わが国のインドネシア語研究でもほとんど問題にされず、研究者とてほとんどいないのが実情であるが、インドネシアでは最多の人口を誇りインドネシア社会におけるジャワ人の優勢については、あらためて述べるまでもない。

多言語を擁するインドネシアでは、地方語教育の必要性も初等文化教育省の学習指導要綱でうたわれており、高等学校の文化コースでは二、三年に対して週二時間の地方語の授業が選択科目として示されている。しかし、これがよく守られているのはジャワ島でジャワ語・スンダ語、マドゥラ島でマドゥラ語、バリ島でバリ語ぐらいで、外地ではインドネシア語のみで地方語はほとんど取り入れられていない。インドネシア語の学習のほうがより急務ということであろうか。ことにジャワ島では、小・中学校でも正式科目としてジャワ語が教えられている。このようなジャワ語の普及は、その出版物が新聞、雑誌、単行本にまでおよぶことからもわかる。ただし、その固有のジャワ文字についていえば、出版物におけるローマ字化の余波をうけて次第に読める人口が狭くなってきているようだ。一方で、ジャワ語の語法、語彙がインドネシア語のなかに取り込まれてゆく場合もある。私の滞在中にも、plin-plan「日和見主義」、antek「手先」などがインドネシア語に加わった。

私はインドネシア大学文学部インドネシア文学科に聴講生として席を置いたが、同時に財団の仲介によって大学の理事の一人、Dra アストゥティ・ヘンドラート女史（doctoranda「博士資格所有女性」）から特別にジャワ語の個人教授を受けた。文学部のなかには地方文学科があってジャワ文学専攻、スンダ文学専攻が開講されていたけれども、効能面でそこには籍を置かなかった。一方で、ジャワ語と並行して古典ジャワ語（カウィ語）の研究を進めていった。カウィ語はインドネシア全土において、ちょうどわが国の古文のように位置づけされている。したがって、高等学校の文化コースでは必須科目となっている。インドネシアの国章は神鳥ガルダが胸に盾を抱え、足で巻物を持っているが、その巻物に書かれた Bhinneka Tunggal Ika はカウィ語で「それは多様であるが一つである」（出典はマジャパヒット王国史『ナーガラクルターガマ』一三九節五項、一三六五）を意味する。カウィ語は大きな文学的背景とともにインドネシア民族の精神的糧ともなっており、その文学から翻案されたワヤン（影絵芝居）は全国民によって膾炙され嗜好されている。私はジャワ語、古典ジャワ語の研究をさらに継続するためにヨグャカルタでの滞在を財団に求めたところ、さいわい一年の延長が認められ、ガジャマダ大学文学部に籍を移した。ジャカルタでは、大学、図書館、博物館に通うための交通の不便さから、勉強にあまり効率的でなくあせりもあった。しかし、インドネシア滞在のほぼ一年目に共産党勢力の拡大による九月三十日事件（インドネシア語ではgerakan「動き」という）が勃発し、各地に飛び火するという事態が発生した。各地からは情勢の悪化を告げるニュースばかりが伝わり、ジャカルタに足止めされることになってしまった。どれほど待機しただろうか、財団もしぶしぶ承諾してくれる状況になり、実際にヨグャカルタに行ってみて街の平穏に驚き、ブンガワンソロ（ソロ川）が血の海になったとか、ジャカルタで流れていたデマの情報の犠牲となった自分を嗤った次第である。

私は地方語への関心も放棄してしまったわけではない。財団からはジャワ島の外地に長期に出かけることは許されないのであるが、一九六四年暮れから翌年にかけ厚生省のインドネシア地域日本人遺骨収集団が来印したのを機に通訳として参加させてもらい、スラウェシ島北部のマナドでトンセア語、モロタイ島（マルク諸島最北部）でサンギル語の予備的調査をすることができた。モロタイ島はインドネシア領最東北端に位置する島でもあり、ミクロネシアのパラオ諸島にももっとも近いところから、その土着の言語に大いに期待をいだいたがそのような言語は存在しないこと、そしてオランダ時代以降は周辺の島々、遠くはアンボン島、西向かいのハルマヘラ島、西北でフィリピンにつながるサンギル、タラウド島からの移民で構成されていることが判明した。現在、島の総人口は約二万人。サンギル語はその特徴をもってして西部マライ・ポリネシア諸語の一言語としかいえない。ただし、サンギル人の一部がフィリピンのミンダナオ島南部に二〜三〇〇年前に移民していて、現在、言語にも差異が発生している。民族の呼称も、インドネシアでは **Sanghe** または **Sangir** であるのに対しフィリピンでは **Sangil** と呼ばれている。

文献の調査ではジャカルタでは、旧バタビア博物館、国立博物館にオランダ時代に刊行された図書はほぼ完備しているし、ヨグャカルタではソノブドヨ博物館で大抵の資料は捜し出すことができた。ただし、複写設備はないから、その準備をしてこなかった私は後悔した。また古書店にかんしても、東南アジアでは最も充実しているように思われ、稀覯本に巡り合うこともあった。アメリカの国会図書館の係員がそのような古書を蒐集しているのが興味をひいた。日本ではジャワ語、カウィ語の文献的情報すら十分に得られず、この方面の研究には隔靴掻痒の思いがあったが、最近ようやく、オランダ国立言語地理民族学協会の Bibliographical Series No.7 にジャワ語・マドゥラ語の文献解説集が加わった（注一）。

## 学術団体

インドネシアの学術団体についても簡単に紹介しておく。わが国の学術会議に相当するものとして、インドネシア学術会議（MIPI）があり、これは一九五六年三月に創立され、工学・数学・自然科学、生物学、医学、文化、法律・社会・政治・経済の五部門に分かれて諸学の高揚のほか政府に対し学問的立場からの助言を行うという主旨がうたわれている。第一会の一五九七年一月のバンドン大会では国家経済を高めるための五ヶ年計画が打ち出された。しかし、この計画はその後、立ち消えになってしまったようだ。ただし、定期刊行物として継続しているものに、一九五七年から季刊の Berita MIPI（国内、国外の学術動向の紹介）、一九五九年から季刊の Indonesian Abstract（前年度にインドネシアで発行された全学術雑誌の論文の分類別総目録）がある。後者の№2はインドネシアの全学術団体をバンドン、ボゴール、ジャカルタ、ヨグヤカルタ、マカサル、メダン、スラバヤの都市ごとに紹介した特集号となっている。そのほかにも定期刊行物として一九六〇〜六二年には学術論文集 Medan Ilmu Pengetahuan が季刊で発行されており、現在の学術情勢を知るために役立つ。

インドネシアの学術団体の組織の組み替えは限りない。それは省庁についてもいえることだけれど、細かく組織が合理化されるかにみえて、結局、計画倒れとなり、また次に組み替えが行われるということが頻繁に起こっている。私が関係している言語文化協会（Lembaga Bahasa dan Budaya Indonesia）は、一九四六年の言語文化調査協会に源があるが、一九五二年にそれは教育文化省文化局言語課と合併してインドネシア大学部文学部付属の言語文化協会となるが、その後、紆余曲折を経て、結局、一九六四年、初等文化教育省の一般教育課インドネシア地方語係と合併して支部が、ヨグャカルタ、シンガラジャ、マカサルに置かれた。この言語文化協会の業務は、①インドネシア語・地方語文法の調査と編集、②語彙問題、③現代インドネシア文学の調査と編集、④古代文学の調査と編集、⑤地方語文学の調査と編集およびインドネシア文学の地方語化、⑥インドネシア語・地方語辞典、百科辞典の編集、⑦マイクロフィルムの作成、である。これまでの成果として、ヨグヤカルタ支部で発行された、インドネシアでもっともポピュラーなカウィ文学である「アディパルワ」（古代インドの叙事詩「マハーバーラタ」の一部をなす）の原文対照インドネシア語訳二巻、ワヤンの解説書、また中央のジャカルタではジャワ語、マドゥラ語の教科書を発行したにすぎない。また計画では、地方語のなかでアチェー、シマルングン、バタック、ミナンカバウ（以上、スマトラ島）、スンダ語、ジャワ語、バリ語、スラウェシ島のブギス・マカサル・トラジャの各言語が調査の対象として選ばれているが、それが実行されたとの報にはまだ接していない。

（注一）Uhlenbeck, E.M. 1964 *A critical survey of studies on the languages of Java and Madura.* Den Haag: M. Nijhoff. またボルネオのほかに、その後、下記のようなスラウェシおよびマルクの言語の文献的情報が刊行されている。
Cense, A.A.and E.M. Uhlenbeck. M. Nijhoff, 1958. *Critical survey of studies on the languages of Borneo.* Leiden: KITLV Press.
Noorduyn, J. 1991 *A critical survey of studies on the languages of Sulawesi.* Leiden: KITLV Press.
Holton,G. 1996 *Bibliography of language and language use in North and Central Maluku.* University of Hawaii at Manoa.

『東南アジア研究』五（一）：二〇六－二一〇、一九六七、京都大学東南アジア研究所

## 二　モロタイ島は遠かった―薄れゆく戦争の記憶

人はそれぞれ、過去の生活において忘れがたい強烈な印象を持った経験があるはずであるが、私の場合、丁度半世紀前にインドネシア・モロタイ島での遺骨収集における体験である。しかし、私ももう高齢である。写真の色があせるようにその記憶もだんだん希薄になってゆく。それをしかと書き留めておきたいと思う。

一九六四年十二月から翌年二月にかけ日本の厚生省はインドネシア地域遺骨収集団を結成し、マカサル・マナド（以上スラウェシ）、タラカン島・ポンチアナック・バリックパパン（以上カリマンタン）のほか、ビンタン島（スマトラ）、モロタイ島（マルク）など十ヶ所において、戦争裁判で刑死した人々の遺体および戦場に残された遺骨の大々的な収集を行った。実は、インドネシア地域の遺骨収集はすでに一九五六年に計画されていたのであるが（その年に収集が行われたのは、その当時オランダ領の西ニューギニアとイギリス領の北ボルネオだけであった）、治安上の理由で長らくインドネシア政府の許可が得られず、ようやく戦後初めての計画が実現したのである。当時、私はインドネシア政府外郭団体の某基金から奨学金を得てインドネシアに長期留学していたが、日本大使館から収集団の通訳を依頼され喜んでお受けした。

モロタイ島は大きな島である。インドネシア東部マルク諸島の島の一つであるが、面積は一八〇〇平方キロメートルもあり日本で最大の沖縄島の一二〇八平方キロメートルよりはるかに大きい。島はインドネシアの最も北東部に位置し、ミクロネシアとフィリピンへの玄関口ともなっている。従って、この島が宗教的、戦略的要所となったことは容易に想像し得るのである。十五世紀から十六世紀にかけモロタイ島は、西向かいのハルマヘラ島の西に位置するテルナテ島のイスラム教テルナテ王国の勢力圏下にあったが、モロタイのモロは、現在、フィリピン南部の島じまに分布するムスリムの総称として知られるモロに由来し（スペイン語が語源で北アフリカのムーア人からイスラム教徒一般を指す）、この島は古くからイスラム圏に含まれていた。そしてテルナテ王国はその勢力がモロタイ島からフィリピンのミンダナオ島にまで及んでいた。

一九六四年一月十八日、ジャカルタからスラウェシのマカサルを経由しモロタイ島へ出張した。マカサルまでは遺族代表、僧侶、大使館員、厚生省職員、もと軍属などの人たちも一緒でかなり大所帯であったが、私はマカサルでも発掘に協力した後、マカサルからモロタイへは厚生省のI課長と私の二人だけが赴いた。モロタイへは当時、民間機は飛んでおらず、島は孤島といってもよい状況であった。従って、インドネシア空軍の、ソ連（当時）のアントノフ製大型輸送機を利用する便宜がはかられた。機内は暗く内装もなくパイプや配線、いろいろなスイッチ類がむき出しの軍用機である。しかし、大型航空機がモロタイ島に着陸できるというのは、空港がまさに戦争の落とし子であることを物語っていた。島には軍用のワマ・ピトゥ飛行場が並行して開かれていたが、一九四二年前半にモロタイ島を占領した日本軍が建設中のものを一九四四年九月に上陸した連合軍が急遽拡張し、またもう一本長さ二一〇〇メートルの滑走路が作られたのである。『東部インドネシアの旧日本軍航空基地』（オンライン版、二〇〇九）には「連合軍がモロタイ島に上陸後、直ちに空港建設に着手、当時、彼（連合軍）我（日本軍）土木能力には非常な差があって（滑走路を作るのに）我が方が多数の人を使って数ヶ月要するところを、彼等は僅かの人で機械力を使って数日で為し遂げる有様であった」と記されている。我々が訪問したとき、滑走路全面に鉄板製マットがまだびっしり敷き詰められていて着地のさい大きな音をたてた。大戦では、後に日本で連合国軍最高司令官となったＤ・マッカーサーが率いるアメリカ軍がニューギニア島北部沿岸ぞいに日本軍を壊滅させ、さらにモロタイ島を中継地としてフィリピンに向かった。その戦略のためにも大規模な滑走路が急遽造成されたのである。

当時、ホテルもないモロタイ島では、島西部のワヤブラで地区の軍司令官の官舎が我々の宿舎となった。ワヤブラは、戦前・戦中、行政の中心地で日本人の経営する農園もあった所である。自家発電の薄暗い明かりのもとで鳥から揚げ、あんかけ魚から揚げ、カンクン（空芯菜）のスープとご飯という簡素な夕食を済ませ、ジャワ人の司令官から島の状況などを伺った。

ワヤブラの海岸に散乱する戦跡は、戦乱が行われた過去の時間がそこで静止したままになっているかのようであった。しかし、真っ赤に錆びた兵器、寄せては返す澄んだ波の水音、波打ち際を波で転げる貝殻や珊瑚のかけら、ココヤシの葉がサワサワと鳴る以外には物音もしない静寂な環境だけが、時間の経過を確実に告げていた。沖の方には何隻もの座礁した戦艦が見え、また海中に没して艦のマストだけ海上に突き出しているものもある。その中には撃沈、轟沈されたものも混じっていたであろう。岸に向かって何台もの上陸用舟艇、ＰＴボートなどが散らばり、波の合間に見え隠れしている。浅瀬から波打ち際にかけては上陸用のキャタピラが何枚も敷かれたまま放置されていた。見ただけでは日本軍のものか連合軍のものか分からない。戦史には、島に上陸するために南の海特有の珊瑚礁が大きな障害になったとある。海岸で漁に出ている人は誰一人いなかったが、海岸や沖合がこのように阿鼻叫喚の状態では漁どころではないのであろう。

村で連合軍側のものという、縦横奥行き二メートルほどの牢として使用されていた人間檻を見たときはショックだった。日本兵捕虜を処刑の前にこの中に封じ込めていたというのだ。最近、イスラム国（ＩＳ）が拘束したイラン人パイロットを人間檻に閉じ込め火炎放射器で処刑するというニュースを見たが、ヒューマニズムのかけらもない残虐な仕打ちがすでに行われていたのである。戦争の憎しみは人間の理性を失わせる。私自身、小学校低学年までの戦争経験者で、防空頭巾を被って集団登校したり防空壕へ避難訓練したり配給制となったミルクに行列したことを覚えているが、疎開したお陰で戦況が悪化するなか激しくなってきた爆撃それに被爆を知らずに済んだ。モロタイの、強者どもが夢の跡のような夏草の生えた古戦場でなく、生々しい戦場の跡を目の当たりにして言葉を失ったのであった。

地元の人が覚えていた日本兵士の埋葬地で発掘に取りかかった。処刑場だから墓標もない。すでにバナナ畑になっていたのでまず茎を伐採することから始めた。兵士は処刑に先立ってまず自らの墓穴を掘ることを命令されたというから、故国や家族のことを思いどのように悔しい心境だったろうか、察するに余りある。私は、発掘は墓場を暴くような凄惨な状況を想像していたのだが、それは杞憂だった。二メートルほど掘り進むと、バナナ畑の粘土質の土壌と地下水によって崩壊が進んだ遺体が現れ出した。遺骨は断片的であり何体分埋葬されていたのか確認できないほどで、とくに顎骨や大腿骨、ベルトの金具などが土と混ざりながらばらばらになって出土した。また印鑑も見つかり、厚生省で身元の照合がなされたと思う。金歯は発掘に協力した人たちの労をねぎらい、彼らの手にまかせた。遺体は合わせて火葬に付し、遺骨は姓氏も分からぬまま白布に包まれ厚生省課長とともに祖国へ無念の帰還をしたのである。そして一九六四年二月八日、インドネシア地域戦没者に対する合同の追悼式が東京九段会館で執り行われたことを、私はジャカルタで知った。

モロタイ島では終戦の一九四五年から十年間、終戦を知らずに密林生活を続けていた九名の日本兵士が一九五五年に発見されるという出来事もあったが、我々が訪問したのはそれからさらに十年経過していたことになる。そして島に滞在中、そのような噂はまったく聞かなかったが、我々の滞在から十年後の一九七四年、モロタイ島の密林で元陸軍一等兵一名（台湾原住民の出身でアミ人名スニヨン、漢名は李光輝、日本名は中村輝夫）が再び発見されるというニュースが世界中を驚かせた。島に滞在中、東方遥かに霞む山々が望まれたが、まさか日本兵がまだそこに潜伏しているとは思いもしなかった。スニヨンさん発見を機に、一九七四年十一月から十二月にかけ厚生省はモロタイ島で再び本格的な遺骨収骨を実施し、そのときには全島で一二四柱（ワヤブラ地区の八十七柱を含む）の遺骨を収集したそうだ。

インターネットで検索すると、現在のモロタイ島は観光地として脚光を浴びている。美しい海はスクーバダイビングの好適地としても宣伝されている。戦跡も整理、整備され、二〇一二年九月十五日には県都ダルバで国際海洋博覧会の記念式典と新しくできた第二次世界大戦博物館の内覧会が行われ、当時のユドヨノ大統領や鹿取日本国大使も式典に出席されたようだ。現在、スラウェシのマナド、テルナテ島からは直行の飛行機も飛んでいるから便利になったものだ。ピトゥ空港は、その後、二四〇〇メートルに拡張され、名称もレオ・ワティメナ空港と改められた。

今のモロタイ島の景色を見ていると私がかつて見た光景は幻だったのか、とさえ思えてくる。しかし、モロタイ島には現地の土に還った、いまだ数知れない連合軍・日本軍兵士の御霊が眠っていることも事実である。それを思うと、島にいつまでも清浄と静謐が維持されることを願わずにはいられない。

『平和のための戦争体験記』三：三八－四一、二〇一五、原爆絵画展坂戸・鶴ヶ島地区実行委員会

## 三　パプアニューギニア現地たより

はじめてのパプアニューギニア（ＰＮＧ）へきて、半年たちました。この国についての情報は、日本でけっして十分とはいえません。驚いたことに、この国には日本の新聞社（通信社）の特派員が一人もいないのです。日本でこの国このことがほとんど報道されないのもやむをえないのです。いまだに、例のケースを腰につけた男が町にうろうろしていると思っている人も多いのではないでしょうか。しかし、首都ポートモレスビー（会話ではモレスビー、モスビーといわれる）はビルの建ち並ぶ近代的な街ですし、また地方、ことに山地に入っても、もう昔の原始的な姿はほとんど見られないくらい、どこでも近代化が進んでいます。伝統的な装束は、もう民族舞踏（ピジン語 sing-sing）以外はお目にかかれませんし、またその装束すら各種族の固有の文化から、かなり逸脱してきている点が認められます。

### 山焼きの習慣

日本が秋から冬にかかると、ＰＮＧは乾期から雨期にかわりますが、集中的に雨が多く降る程度といいますから、町のほこりっぽさは相変わらずと思います。モレスビーにはところどころ観葉植物の垣根なども見られますが、全体としてほこりっぽいのです。これは、市内の道路の舗装率が低いことのほか、（四車線だと二車線しか舗装していない道路も多い）、周辺の山やまに緑が少ない

 こともあげられます。飛行機でモレスビーを上空から見ると、まったく木がなくてつるつるのはげ山や頂上まで無残にまっ黒に焼け焦げているお鉢形の山やまが点てんと目につきます。これは原住民が下草が生えてくると、それに火を放つという習慣によるものです。その理由についていまはよく分かりません。一説では毒へビを駆除するためといいますが、イリアンジャヤ（現在、インドネシアパプア州）でも同じ習慣は見られましたし、ニューギニアに古くから存在した共通の文化に根ざすものでしょう。無論、いまのモレスビーやジャヤプラで焼畑耕作をしているわけではありません。この間も、こちらの新聞がこれを「放火狂」のしわざときめつけ、山の緑を守るよう訴えていましたが、効果はもうひとつです。どうやら叢があると、衝動的に火をつけたくなるようです。毎日、どこかで煙が上がっています。ときには人家にまで火がのびて、ビール会社の倉庫が半焼するということも最近ありました。私はアパートの五階に住んでいますが、うっかり窓をあけて外出すると、風むきによっては部屋中、灰と煤だらけになることもしばしばです。宮崎大学のF助教授（植物学）のお話では、オーストラリア大陸の砂漠化はあるいは人災かもしれないということです。原住民の子供が理由もなく目のまえで、チョンチョンと枯草に火をつけ、あとは火に比較的つよいユーカリを残して原野がまる焼けになるのだそうです。そうすると、これはサフル大陸以降の何万年にわたる、じつに長い伝統ということになるのでしょうか。

## 高いブライドプライス

日本を発つまえ、治安についていろいろと聞かされてきたのですが、実際のところけっしてよいとはいえません。さいわい私はいままでのところなにもありませんが、市内やまた郊外で盗賊にやられたというニュースはひんぱんです。先週、同僚のフランス人教師が近くの村へ行く途中でまちぶせていた盗賊に重傷をおわされ、学期なかばで帰国するといういたましい事件がありました。またレイプ事件もよく発生します。数日まえ、集団レイプ事件にみかねた市民が警察署へ抗議と警備の強化を要求するというデモがありました。こういう新手の犯罪はかつてなかったそうで、物価高と貧困、そして上昇するいっぽうのブライドプライス（婚資）による男子の結婚難がこうした犯罪に拍車をかけていると指摘する人もいます。私はモレスビーから東南へ一五〇キロほどある沿岸のフラという村へブライドプライスの交換儀礼を見に悪路をかって行きましたが、男性側から女性側へ贈られたのは、バナナ、ヤム、ブタ、魚などの物品のほか、一万キナ（一キナは約二六二円）の現金でした。無論、昔の主役、貝製腕輪（トエヤ、これはキナ＝貝貨とともにPNGの通過の単位ともなっている。一キナ＝一〇〇トエヤ）も形式的に添えられてはいましたが。その日暮らしの労働者は月二〇〇キナぐらいで、公務員の平均的月給は三〜四〇〇キナ（この国はボーナスなし）ですから、ブライドプライスの調達は、村人によっても負担されますけれども、いかに大変かが分かります。地方での現金収入の得にくさに加えて、なんとなく都会に憧れるという風潮はいずこにもあるのでしょう。モレスビーの人口約十二万三千人のうち、二十五パーセントは地方出身の住民で、これは無断居住者（squatter）と呼ばれています。あき地、崖などに建てられた掘立小屋はモレスビーのあちこちに見られますが、大体においてその日暮らしが多く、そしてますますふえる傾向にありますから、今後、社会問題化するのは必至です。モレスビーの無断居住者の状態を調査した興味ぶかい報告書がＰＮＧ大学出版局から出ました（注一）。このような報告書が公刊されることじたい、発展途上国では大変めずらしいことではないかと思います。この国は言論の自由が保障されている点では健全なところがあります。イリアンジャヤ（現在、インドネシアパプア州）の難民のニュースが毎日の新聞に載らない日はありませんが、インドネシアではこれだけの情報が公開されるかどうか疑問です。情報公開の原則に与っているのは、旧宗主国オーストラリア（それと関連して旧英連邦）の勢力の残存です。それは良きにつけ悪しきにつけ、一九七五年、革命というような手段によって独立したのではないＰＮＧの黒幕ともなっているようです。

## パプアニューギニア大学

現在の私の仕事を紹介するのが遅くなりました。私は国際交流基金からの派遣で、唯一の国立総合大学であるＰＮＧ大学学芸学部に日本語講座を開設するという任務をもってきています。学芸学部には、人類（考古）、経済、地理（人口）、歴史、言語文学、数学、政治、心理（哲学）の系列があり、私は言語文学科に属しています。私の学科の教官二十数名のうち、数名の助手がＰＮＧ人であるのを除いて、学長、学部長、学科長を筆頭にほとんどが英連邦系の教官です。大学の教官でも、日本と比べてけっしてよい給料とはいえませんが、本国での就職難を救済しているのだと陰口をたたく人もいます。モレスビーの西郊五十キロほどのところにある名門の国立ソゲリ高等学校（ここでは国際協力事業団の援助で二名の日本人教師による日本語授業が四年前から行われている）では、なんと二十数名の専任教員全員が英連邦系です。中央や地方の政府機関の要所要所にも、顧問、相談役、プラナーなどいろいろの肩書でオーストラリア人が隠然と勢力を保っています。この国の予算の三割はオーストラリアからの援助で、一九八四年度は二億三千六百キナに達しています。ただし、この援助額にほぼ等しい額が、オーストラリアへそっくり戻ってゆく経済構造になっているとは、ある日本人商社マンの計算でした。このような旧勢力の存在が、この国の言語問題にも陰に陽に大きな影響力を与えないはずはありません。

私は日本語の講義に一日中しばられているわけではありません。私の専門的関心は、現地の多層的な言語生活、ネイティブ・ランゲージへ当然向かいます。大学で開講されている現地語科目にはピジン語（トクピシン Tok Pisin がPNGでの呼び名であるが慣習に従う）とヒリモトゥ語があります。私は四月〜六月の第一セメスター後半にピジン語をやり、そして現在、七月〜一〇月の第二セメスターにはヒリモトゥ語の授業に出席しています。ついでながら申しますと、言語文学科に所属して教授されているのは、ピジン語、ヒリモトゥ語、フランス語、そして日本語の四言語なのですが、これら言語は現在のところ自由履修で、むしろ学外からの参加者が多いです。ピジン語のようなこの国の公用語として扱われている言語が、教員資格の必須になっていないのは象徴的です。

## ピジン語の実力

実際、モレスビー以外の地方、ことにニューギニア島の北側の諸州そして島嶼部ではピジン語がよく通じます。ＰＮＧで発行されている英語の日刊紙 Niugini Nius が一万四千部、Post-Courier が二万六千部に対し、ピジン語の Wantok（ただし、週刊紙）が十五万部発行されていることでも、その優越さが証明されます。一九七一年の統計でも、現地語のほかにはピジン語だけの話し手は約四十五万人で、英語しかできないもの五万人を大きくひき離しています。ピジン語にもいろいろレベル（変種）があります。ヨーロッパ人によって英語風の発音をそのまま残して用いられる「外人ピジン」（Tok Masta）、英語の知識の皆無の山地の人びとによって用いられ、山地の非オーストロネシア語の構造（例えば、主語＋目的語＋述語）に改変した「山地ピジン」、英語もよく話せる町の住民によって英語の語法（例えば、過去形を作るため been → bin の使用、who is that → husat の関係代名詞的使用）を取り込んだ「都会ピジン」、そしてＰＮＧで最も通用範囲が広く、使用者の多い「平地ピジン」がいちおう区別されます。しかし、個人個人によってピジン語の質に差が生じるのも事実です。標準ピジンは平地ピジンに基準を置いているようですが、都会ピジンからもどんどん新しい言い回しを摂取しつつあります。標準語というのは、何語の場合でもそうですが、ひとつのイデエと考えてよく、標準語らしいものが存在するだけで、今後ともその語彙を含めて言語としての体系を整えてゆくはずです。ピジン語を英語などと比べて表現力の乏しい言語だなどというのはまったく当たらないので、ＰＮＧ産 Ramu Sugar の砂糖袋に書かれている英語とピジン語による、日本の大学いもに似た根菜のレシピの例文を比べてみてください（注二）。bite-size pieces は「あなた（yu）の口（maus）に入ってゆく（go）くらい（inap、英語 enough から）」となっています。いいえて妙ではありませんか。ピジン語が将来、この国の教育制度のなかでどう位置づけられてゆくのか、英語エゴイズムむきだしの現状では絶望的に見えます。もっとも、熱烈な愛国者が出現しないとは誰も予測できませんが。

## 第二の共通語、ヒリモトゥ語

ヒリモトゥ語（一九七一年まではポリスモトゥ語と呼ばれていた）は、モレスビーを中心に南側の湾岸沿いに広く通じますが、その使用者はピジン語にはるかに及びません。この言語はモレスビー附近の現住民族モトゥ人の言語を母体に非モトゥ人がピジン化した言語ということになります。モトゥ人はかつてガルフ州のケレマあたりにかけて大がかりな双胴型カヌーによるヒリ交易（モトゥ語 hiri は「遠洋航海にでる」）を行っていました。そのときに発生したケレマ周辺の非オーストロネシア語のトアリピ語やオロコロ語とモトゥ語との混合語は、いまや絶滅してしまいましたが、これといまのヒリモトゥ語とはまったく違う言語です。ヒリモトゥ語とモトゥ語とは、語彙はほとんど共通するにもかかわらず、文法構造はヒリモトゥ語ではピジン化の一般的特徴として「単純化」し、モトゥ語のやや複雑な、時制に応じて変化する人称代名詞はすっかり整理されて分析的（analytic）になり、またこれこそモトゥ語をオーストロネシア語族のオセアニア諸語に位置づける特徴といってもよい、所有物に応じて所有代名詞を使いわける方法（身体部位と親族関係とは、それ以外のものと語形の異なった代名詞によって区別される）は、ヒリモトゥ語では区別されません。しかし、ヒリモトゥ語も別の特徴によって、まだしっかりしたオセアニア諸語系の言語ではありますが。モトゥ語は日本語や非オーストロネシア語と同じ語順の言語です。こちらで私はインドネシアの友人を知っていますが、彼とはマレー語で話し、そして一方でモトゥ人とはモトゥ語を使います。モトゥ語は西暦前に東部インドネシアで祖語から分かれて、長い航海のすえ、ニューギニア島東端を大きく迂回し、現在の地には西暦八〇〇年ごろに到着した言語ですが、モトゥ語とその祖先の直系のマレー語とが、モトゥ語は語順まで変わるほどの長い旅だったのに、多くの語彙を規則的な音韻変化のもとに共有していることに、多少の感慨を覚えながら、彼らの書かれざる民族史を思ったのです。

## おわりに

十月一杯で八十四年の大学年度は終了し、あとは来年二月の新学年まで長い休暇となります。オーストロネシア民族移動の回廊ともなったアドミラルティ諸島、ニューアイルランド島、ニューブリテン島、ブーゲンビル島は、非オーストロネシア民族との、接触、混合という点からもおもしろいところです。アドミラルティ諸島を除いてこれらの島じまではみな、オーストロネシア系と非オーストロネシア系の言語が共存しています。しかし、ほとんどの言語について詳しいデータがありません。私はこれらの島々で調査することを考えています。アドミラルティ諸島のうちマヌス島には短時日ですが行ってきました。一九二八年、M・ミードが行ったときとは違って、もうすっかりキリスト教化しています。たまたま離島のロウ島の四~五〇〇人の住民のほぼ全員が海岸にテントをはって自炊しながら、セブンスデー・アドヴェンティスト派（安息日再臨派）の特訓に参加しているのに出くわしました。とにかく熱心なものです。ロウ語が言語的にイリアンジャヤの北岸沿いのオーストロネシア諸語と文法的に類似するのは、その経路からしてありうることですが、語彙的にミクロネシアの言語と共通するものもかなり混じっていて、過去のミクロネシアとの交流も予想され興味深いことでした。

愛すべきPNGから、いささかきびしい書き出しのたよりとなってしまったようです。最後に、私自身ガス欠で車が立往生したとき、どこからともなくガソリンを持ってきてそのまま立ち去った人、やはり夜、名も知れぬ村の近くで車が故障して一夜を過ごさせてくれた、親切だが貧しい牧師などのことは、やはり書き添えずにはいられません。そして貧しいけれど、十八トエアの新聞に二十トエアを渡すと二トエアの釣銭を必ず返してくれる新聞売りの子供（この国はどこでも一トエアまできっちりと正確に流通している。発展途上国では大変めずらしいといえる）、けっして掛け値でふっかけたりしない市場のおばさん達のことを、黒幕の目が光っているといわれればそれまでですけれども、紹介しておきたいと思います。

（注一）Norwood, H. 1984 *Urban villages and squatter areas : An analysis of the urban villagers and squatter areas of the city of Port Moresby in Papua New Guinea.* Waigani: University of Papua New Guinea Press.

（注二）英語：GRAZED VEGETABLES
Remove the skin of a yam, pumpkin and kaukau and cut into bite-size pieces.
Put into a frying pan with 1/2 cup RAMU SUGAR and 1/3 cup of oil.
Fry until the vegetables are cooked and serve.
ピジン語：SWIT KAIKAI BILONG GADEN

Rausim skin bikong yam, pamken, na kaukau. Katim ol i inap long go maus bilong yu.
Putim long prai pan wantaim 1/2 kap RAMU SUGAR na 1/3 kap oil.
Praim olsem kaikai i kamap malomalo. Nau em i redi long kaikai.

『民博通信』二八：五八－六二、一九八五、国立民族学博物館

# 四　ニューギニアの楽器とその音楽

## 超自然物や祖霊の叫び声

現在、どのような奥地にも浸透しているカセットラジオの音や人のボソボソいう話し声もようやくやんで、ニューギニアの夜は恐ろしく静かである。森を渡る風の音、ときどきするなにか動物の鳴き声のほかは、なにも聞こえない。このような漆黒の静寂のなかでは、現地の人でなくとも、いまや眠りを覚まして蠢《うごめ》きはじめた魑魅魍魎《ちみもうりょう》の存在を認めたくなる。懐中電灯があるとはいうものの、用足しにブッシュのなかへ入って行くのも昼間と違ってなにか怖い。自分の歩く足音さえ大きく響いて、誰かに後をつけられているような錯覚を起こしてしまう。深い自然に包み込まれたこのような世界を、ひたすら畏怖しながら、何万年、何千年もまえからずっとこの地で生活してきた人々が、器具の発する音に特別の機能を認め、意味づけを行ったことが、このような瞬間に実感として蘇ってくる。

ニューギニアでは、単に音を楽しむ目的での楽器の使用はもともとなかったと考えられる。一般に楽器として認められる器具も、人々にとっては超自然や祖先の霊の叫び声であり、それが使用されるのは、特定の儀礼と結びつくときに限られた。ただし、比較的大きな音のする、うなり木、竹笛、ラッパ、太鼓などは社会的集団的目的のために用いられ、音の小さな口琴（ビヤボン）、パンパイプなどは個人的に異性間で、例えば男性から女性への求愛儀礼で用いられるという区別もされていた。楽器そのものの由来についても、超自然的存在から与えられたとする伝説が多い。

## 聖なる楽器

うなり木（英語 bullroarer）というのは、彫刻を施した凸レンズ状の薄い木で、端につけた紐を棒に結んで空中で回転させると、木の大きさ、紐の長さにおうじてヒュンヒュンという風をきる音を発する。この楽器はアフリカ、南北アメリカにも分布し、また先史時代のアフリカの岩面画にも描かれていることから、非常に古くから人類に使用されていたことがわかる。ニューギニアでは本島の北東と南東の海岸部、北側の島嶼部のような周辺に押しやられたように分布し、その中心には竹笛が見出されるため、うなり木を先住のパプア人に固有の楽器、竹笛を後の渡来したオーストロネシア民族がもたらしたとする説もある。うなり木を楽器のなかでももっとも古く聖なるものとする見方は、ニューギニアの各地で広く行われ、竹笛の共存する地域でも、ニューブリテン島のバイニング人はうなり木を楽器の母とみなし、フオン湾のタミ人はうなり木と竹笛を夫婦、セピック川河口西のムリック人は兄弟をなすと考える。

どの地域でも女性や未成年者がうなり木の音を聞くことは厳しいタブーである。各部族はうなり木についてほぼ共通の起源説話をもつが、そこでは同時に、パプア人の男性支配型社会への理由づけも行われている。すなわち、木を切っていた女性が、飛びはねた木片が音を発することを知り、このことを夫に告げるが、夫はほかの男たちにもこれを教えて、それ以後、女性に脅威を与えるために呪術的に使用されるようになった。そして「うなる木」を発見した女性は、その秘密を守るために殺された、というのである。うなり木の音は、祖霊や精霊、ときには魔物を表していて、主に男性の成人式で用いられるが、豊かな収穫を祈願して畑作りや狩り、漁労のまえに鳴らされることもある。しかしガルフ湾のプラリ川デルタのコリキ人は、うなり木を「泣き霊」と呼び首長の死に際してしか鳴らさない。

つぎに竹笛のなかでは、セピックとチンブー地方のものがもっとも聖なる楽器とみなされている。ムリック人の言い伝えによれば、笛が作られてそれが最初に吹かれたとき、自分の居場所としてその音を聞きつけた精霊が笛のなかに住みつく。直ちに笛は男性集会所に運ばれ、すぐ近くに置いてある仮面がその精霊の顔となる。それ以降、笛と仮面とは同じ精霊の化身として同一視される。笛の精霊は祖霊を表すとみなされる。これが用いられるのは、やはり成人式や交換儀礼として七、八年ごとに開かれるブタ祭りのときで、かならず成人男性によって対をなして吹かれなければならない。対をなすというのは、それぞれの笛が男と女あるいは兄と弟を表し、二つの音色が合体することではじめて、各氏族（クラン）の祖霊を再構成すると考えるからである。男性集会所に保管されている竹笛を、女性や未成年者が見ることは、やはりタブーである。

## 部族音楽から民族音楽へ

一般にパンノキをえぐって作られる割れ目太鼓（英語 slit-drum）は、本島の北部と島嶼部に分布し、伝説によれば、イリアンジャヤ（現在、インドネシアパプア州）の国境に近いヴァニモが発祥の地だという。また分布する地域は少ないけれども、小型の竹製割れ目太鼓もあり、これは女性によって打たれることが多い。

割れ目太鼓は舞踏の伴奏に用いられるほか、日常生活では狩猟において簡単な情報を伝えるためにも利用される。例えば、セピック川支流ラム川のタングー人の場合、「私なるガルンクサイがワンタウットで豚を射止めた、それで村へ運ぶのを手伝ってほしい」というメッセージは、「個人名（ガルンクサイ）、豚の射殺、場所名（ワンタウット）、救援」のような要素に分けて打たれそれが反復される、と報告される。しかし、西アフリカのモシ人の太鼓言葉に見られるような体系だった分節性は見られないようだ。

パプアニューギニアのトクピシン（英語よりも使用者の多い共通語）でシングシング（英語sing-sing）と呼ばれる集団による舞踏では、割れ目太鼓や片側に動物の皮を張った砂時計型太鼓が使用される。砂時計型太鼓は、個人が自分用のものを所有することが多い、もっともポピュラーな楽器であるが、その伝来については精霊から盗んできたという伝説をもつ例が多い。シングシングはもともと部族同士の交易交換の際や、紛争、もめ事などが解決したときなどに行われるきわめて儀礼的な行事で、娯楽のためではなかった。シングシングの伝統的な意味には、わが国の手締めに当たる機能を認めることもできる。このような部落ごとに密やかに享受されてきたシングシングは、いまや村落レベルから国中の衆目にさらされる行事となってきた。年に一度、ポートモレスビーで開催される全国大会（モイタカショー）は、人々を最大の興奮に巻き込む興業である。シングシングは部族音楽から民族音楽としての栄誉を担い始めた。パプアニューギニアは七〇〇以上という、互いに言語的相違の大きい部族の固有の文化を尊重しながら、国全体としての統一と調和をいかに図るかは、今後ともこの国に課された大きな課題であるが、音楽もそのような要素の一翼を担っているのである。

『国際協力』三七七：三四－三五、一九八六、国際協力事業団

# 五　絶滅したマレー語―南アフリカ共和国

南アフリカは、十七世紀後半からオランダ領となった関係で、当時のオランダ東インド会社から相当数のマレー人がケイプタウンになかば強制的に移住させられた。記録によれば、一六五二年から一八一八年までの間、約五千人の移民の内訳は、インド系三十六パーセント、東インド（インドネシア）系三十二パーセント、アフリカ系二十七パーセントで、さらに少数派としてセイロン、マラヤ（マレーシア）、モーリシャスなどが加わる。一六六〇年に建てられたというケイプタウンの東インド会社の奴隷宿舎は、現在、文化史博物館となっているが、奴隷史展示では、収容者としてNiomanとかサンスクリット語系のSampournaのような明らかにマレー名も混じっている。このような多民族状態のなかで共通語の歴史が形成されていったのである。

ケイプタウンから北東五十キロ郊外のパールという町外れの見晴らしのよい丘に、アフリカーンス語（クレオール化したオランダ語）の新聞発行一〇〇年を記念し、一九七五年、言語記念碑（Taalmonument）が建てられている。もっとも高い五十七メートルの尖塔はアフリカーンス語、そしてそれを取り巻く低い塔群とテラスは、それぞれ南アフリカで使用されているヨーロッパ系言語とアフリカ系（土着）言語を表すが、中央にはそれとは独立したマレー語・マレー文化を象徴する小塔が造られているのが印象的である。

南アフリカ側の歴史記述では、マレー系民族はすべて奴隷として連れて来られたことになっている。そのような事実もあったかもしれないものの、実際には、マレー人は馬丁、御者、漁師、仕立屋、大工、桶屋などの中産階級的職人としての社会的地位を得ていたものが多い。また政治犯もかなり含まれていた。そのなかで有名なのは、一七八〇年、東インドネシア・マルク諸島のティドレ島のムスリム王子 Imam Abdullah Kadi Abdus Salaam が政治犯としてケイプタウンに流刑されている。ケイプタウンで彼はイスラム教主としてマレー語で Tuan Guru「先生殿」と呼ばれ尊敬され、彼がアラビア文字を用いてマレー語とポルトガル語で執筆したイスラム法学書（Kitab）は、その後のムスリムの間に広く普及した。また一八六三年には、トルコのクルド人イスラム教学者 Abu Bakr Effendi がケイプタウンの Bo-Kaap（岬上）地区に最初のムスリム学校を開設している。現在、Tana Baru（マレー語 tanah baru「新しい土地」）と呼ばれる聖地は、そのような十九世紀半ばまでのイスラム教聖者たちの墓地として保存されている。このように、ムスリムとしての共同体意識が強まるなかで出自の言語は衰退する一方、共通語そして公用語となったアフリカーンス語へと彼らの言語生活はシフトしていったのである。J.S.Mayson（*The Malays of Cape Town. Manchester:* Cave and Sever, 1865）の記述によれば、その頃、日常生活におけるマレー語の使用は見られなくなっていたから、それから現在までにすでに一世紀半以上経過していることになる。

現在、ケイプマレー人と呼ばれる民族集団は三万数千人とされ、彼らはアフリカーンス語で Kaaps Maleier あるいは Mohammedaan と呼ばれる。かならずしもマレー系に限らないムスリムは Bo-Kaap 地区に居住し、ここに四つのモスクが集中する。そのうちもっとも古いアウワル・モス

五　絶滅したマレー語―南アフリカ共和国

クは、オランダからイギリスに支配が移って間もなくの一七九八年に建立された。また十九世紀にマレー人家族が住んでいた家屋が寝具、家具、調理具などとともにBo-Kaap博物館として公開されている。現在、マレー語の使用は途絶えたが、マレー語は借用語としてまだ余命を保っている。アフリカーンス語には食文化関係の語彙から口語的な表現までかなりのマレー語が借用されている。またケイプマレー料理と呼ばれるレシピは庶民的なメニューになっている。

以下に、Coetzee, A. *Woordeboek Afrikaans-Engels*. Johannesburg-Glasgow: Collins, 1969.（Cと略）とBosman, D. B. et al. *Tweetalige woordeboek*. Caapstad: Tafelberg-Uitgewers Beperk, 1986.（Bと略）から項目として採用されているマレー語を掲げる。なお、正書法は基本的にオランダ語方式なので（旧インドネシア語綴りとほぼ同じ）、現在のインドネシア語綴りは（　）のなかに示す。無印は私の追加である。（B）では語源としてマレー語が示されることになっているが、toean以外の項目にはその記載がない。著者がマレー語に通じないためか、そのような語源意識はアフリカーンス語の話者にもはやないということであろうか。また、もとのマレー語から意味変化している語には（　）のなかにもとの意味を記す。なお、agar-agar「テングサ」、amok「狂気」、batik「ろうけつ染め」、kapok「インドキワタ」、mango「マンゴー」などもマレー語語源（それぞれagar-agar, amuk, batik, kapuk, mangga）であるが、これらはヨーロッパの諸言語に広く借用されている単語で、オランダ語や英語経由の可能性がある。括弧内にマレー語とその意味を記す。

atjar（C、B）「ピクルス」（acar「酢漬け」）

briyani「カレーピラフ」（beriani「あんかけ炒め飯」）
（ペルシア語 biryani が語源であるが、マレーシアのマレー語経由）
blatjang（C、B）「チャツネ」（belacan「魚醤」）
djati(-boom)（B）「チーク」（jati）
denning「干し牛肉」（dendeng）（アフリカーンス語で「干し肉」の総称は biltong）
duit [dœit]（C、B）「銅貨、小銭」（duit「小銭」）
gamat [xamat]（C）「ケイプマレー人の自称」、gammat（B）「年少のマレー人」（アラビア語語
源のマレー語 ummat, umat「信徒」）
gasie [xasi]（C、B）「労賃」（gaji「給料」）
kampong（B）「マレー人集落」（kampung「村」）
katjang（B）「ピーナッツ」（kacang「豆」、アフリカーンス語で「豆類」の総称は boon）
ketjap（B）「ケチャップ」（kecap「ソース」）
nangka（B）「バラミツ」（nangka）
nonna, nonnie（C、B）「未婚女性」（nona）
pantoen（B）「詩節」（pantun「四行詩」）
pienang（B）「ビンロウジ」（pinang）
piering（C、B）「皿」（piring）
piesang（C、B）「バナナ」（pisang）（総称、アフリカーンス語で栽培種は banana と呼ばれる）

pondok（C、B）「小屋」（pondok）
rampok（B）「窃盗」（rampok）
rampokker（B、C）「盗賊」（アフリカーンス語の語尾 -er による派生語。マレー語では rampok に接頭辞を付け perampok という）
rissie（C、B）「トウガラシ」（rica, merica「コショウ」）
samajoa（B）「問題ではない」（sama jua「まったく同じだ」）
sambal（B）「香辛料」（sambal）
sarong（B）「腰巻き」（sarung）
tamboer（C、B）「太鼓」（tambur）
tjap（C、B）「スタンプ」（cap）
tjoema（B）「賭なしのゲーム」（cuma「単に」、cuma-cuma「ただで」）
toean（B）「紳士」（tuan）
toeding, toering（B）「麦わら帽子」（tudung「帽子、ニシキウズガイ科」。帽子の形が貝の円錐形に似るための命名）

二〇〇一年十月、ケイプタウンで面接した、父親はインドネシア系で母親はパレスチナ系という中年の女性からは、bahasa「言葉」、jalan「道」、baca「コーランを読む」（マレー語は単に「読む」）、kanala「初めまして」（マレー語 kenal「知り合う」）、trimakasi「ありがとう」（マレー語

terima kasih）などのような単語がぽつりぽつりと蘇った。学校では英語で教育され、両親は英語とアフリカーンス語で会話をしていたというから、祖父母から聞き覚えた語であろう。

現在、ケイプタウンとマレーシアのクアラルンプルは、ヨハネスブルグ経由でマレーシア航空で結ばれるようになった。旧祖国との交流も今後、活発になるであろう。人の行き来によっては家族レベルからマレー語のコミュニティーが再び復活する可能性もある。

「環太平洋の言語」二〇〇二、総括班ホームページ・現地情報コラム（現在、閉鎖）

# 六　日本語もうひとつの歩み

現在、海外での日本語需要のたかまりのなかで、日本語自体を国際化しようという議論もさかんである。しかし日本人の手をはなれて、すでに独自の歩みをはじめている日本語の例もある。以下に紹介する、インドネシア、ミクロネシアの事例は、日本語の今後のゆくすえをかんがえるさいにも参考となろう。

最近出版されたインドネシアの『広辞苑』にあたる『インドネシア語大辞典』（一九八八）には、日本語語源（以下ではできるだけインドネシア語の発音に忠実にカナ書きでしめす）として、バンザイ（万歳）、ハラキリ（腹切り）、ヘイホ（兵補）、ジバク（自爆）、ジュド（柔道）、キモノ（着物）、クミチョ（組長）、ケンペタイ（憲兵隊）、ロムシャ（労務者）、サケ（酒）、サクラ（桜）、サムライ（侍）、ショグン（将軍）、タイソ（体操）、タケヤリ（竹槍）、テキダント（擲弾筒）などがあがっている。

日本は一九四二年から四五年までインドネシアを占領した。短期間であったにせよ、日本語によるインドネシア支配がいかに不幸な結果をもたらしたかは、このような軍政・軍事関係の語彙ばかりがいまだにのこることによってわかる。日本の若い世代には、「兵補」「擲弾筒」の意味は漢字をみてももはやわからないだろう。現在のインドネシアでも縁のうすくなったこのような語彙のほとんどは、やがてすたれゆく運命にある。しかしこの辞典で、ジバクの項には ber-jibaku

（ブルｰジバク＝自爆する）のように、接頭辞をつけた動詞形をかかげ、話ことばでは「自らを犠牲にして断固としてふるまう」と意味でももちいられることをしめしている。日本統治時代のふるいニュアンスも消えさるということだろう。

## 島じまの共通語として

ミクロネシアの島じまにおける日本語と現地語の交流の歴史はもっとながい。ミクロネシアでは、日本が当時の南洋群島を統治した一九一四年から終戦ちかくまでの二十数年間にわたり、後に公学校とよばれた島民学校で、日本語教育が実施された。南洋庁のおかれたパラオには、一九四〇年当時、現地民のほぼ四倍にあたる二万数千人の日本人がすんでいたという。官庁ではむろん日本語の使用が奨励されたが、学校教育以外ではとりたてていうほどの方策はとられなかった点は、その政治体制のなかで注目される。ただし学校では、かなりきびしいスパルタ教育がおこなわれていたらしい。後に東京大学総長ともなった矢内原忠雄氏は、当時ミクロネシアを視察し、日本語教育の効果として、①各島ごとに言語がことなる島人に共通語をあたえる、②官庁および日本人の事業や家庭に雇傭され、また商人との取引上でも実益を得る、③日本語を通じて近代文化を吸収する機会を得る、などの点を指摘した。このうち①および②、ことに①の指摘は重要で、町にあつまりすむ人びとが共通語を必要としたことが、おのずと日本語の普及を早めたともいえる。私の印象だが、本島人よりもはるかはなれた離島人のほうが、いっそう日本語に習熟しているようだ。ヤップ人よりウリシー島人・ングルウ島人、パラオ人よりソンソロル島人、ポーンペ

六　日本語もうひとつの歩み

イ人よりもモキル人のほうが、より流暢に日本語をはなす。これは、離島人が本島人に負けまいと、涙ぐましい勉強をしたからにちがいない。③については、ことに書きことばを通じての近代文化の受容という点で、ほとんどみるべき成果をもたらさなかったとかんがえられる。ローマ字による正書法は、たとえばパラオ語の場合、日本時代以前のドイツ時代にすでに制定されていたが、現地の人びとにとって話ことばはともかく、日本語の文字体系を習得することは、けっして容易なことではなかった。せいぜいカタカナの学習で終わらざるをえなかったのも、やむをえないことであった。このような変則的な識字教育の結果、第二次世界大戦後も日本から送られてくる文字情報は、人びとにとってまったく読解不可能な反古同然にすぎないものとなってしまったのである。しかし、話しことばとしての日本語が現地の言語にあたえた影響には、はかりしれないものがあった。それは「ピジン化」日本語の発生と、接触による現地語への影響という二点から考察することができる。

## 人をののしることば、バゲロ

ミクロネシアの統一語として使用された日本語は、現在も島と島とのあいだの共通語として年配の人びとによって使用され、また市場でのメモやかんたんな情報の交換にはカナ文字もつかわれている。英語やローマ字よりも高年齢者にはそのほうが楽だからである。人びとのつかう日本語には、敬語（待遇表現）ぬきから軍隊調のものまでいろいろレベルがある。たとえば、対人表現においてていねいにいうつもりで「ワタシノオ兄サンハ」とか「酋長サンハ」のように身内の関係まで「-サン」をつけられると。聞くほうはなんとなく落ちつかないし、「アナタハドコカラキタ日本人デアリマスカ」と聞かれて、私もつられて「ハイ、大阪カラデアリマス」と答えそうになる。一方で接触による現地語にあたえた日本語の影響は、島によってさまざまである。

つぎにしめすのは現地語になった日本語で、これらのことばは、もはや現地に溶けこんでしまったといってよい（現地語としての正確な発音をうつすのは困難であるが、それに近いカナ書きでしるす）。

その影響は日本からいちばんちかいサイパン、グアムからポーンペイ、コシャエまでのミクロネシアのほぼ全域でみられるが、サイパン、グアムの現地語チャモロ語の例でいうと、チリガメッ（ちり紙）、センコまたはセンコッ（蚊とり線香）、デンケッ（懐中電灯）からダイコン、タマネゲッ（タマネギ）なども、すでにとりこまれている。魚名のマグロッまたはマカロッ（マグロ）、カッチョ（カツオ）などは、経済性のたかい魚であるだけに、現地語と併存するか現地語にとりかわってしまった場合もある。もともとカツオとマグロはちかい種で、カツオはマグロ亜科に分類されることもある。現地語の民俗分類でも、パラオ語 kerengab（クルンガブ）、ポーンペイ語 karangahp（カランガープ）のように両者は区別されないことがおおい。借用語のなかにはカチドッ（映画）、サロマタッ（パンツ）のような、現代日本語では廃語寸前になったことばもふくまれる。カイロッ（カエル）もチャモロ語ほか各地でみられるが、人びとの話によると、もともとカエルはミクロネシアにいなかったが、ボウフラ退治のため日本人がもちこんだという。

ヤップでは、青果物取引相場表のなかにヤップ語にまじって、ボンタン、キュウリ、シロウリ、オクラ、ナス、マメ、ダイコン、ニンジン、カブラ、ネンギ（ネギ）、ナッパ、タマネンギ、クダモノトケイなどのような日本語があがっている。最後のクダモノトケイは、パッションフルーツのことである。これらはすべて日本時代に導入された青果物である。ただし、ヤップ語における日本語からの借用語は、ミクロネシアの諸言語のなかでもっとも数がすくない。これは、定住した日本人がすくなかったことのほか、ヤップ文化全般にみられる保守性とも関係があろう。

人をののしることばは、いつまでも耳にのこっているのであろう。インドネシアからミクロネシアまでひろがり、いまも消えない日本人ののこした罵倒句にインドネシア語バゲロまたはバゲロッ、ポーンペイ語バケーロがある。ポーンペイ語にはもうすこしおだやかなパカタナーも借用されている。このようなことばを町で耳にすると、のこしていった先人をうらみたくもなる。

サシミ、ウドンという日本語は、その食品とともに全ミクロネシアに定着したが、その食べ方は、われわれのとはすこしことなる。ミクロネシアには、「火熱で調理したものを食べる」と「なまものを食べる」という認識上の対立概念が存在する。当時、サシミは「なまもの」に分類され、うすく削いだ魚肉にライム汁をかけ手でもんだナマス風の食べ物になる。またウドンは、ブタ肉や目玉焼きをうどんのうえにこんもりとのせた、汁のすくない琉球そば風のものにかわる。

## パラオ語への大きな影響

パラオ語にあたえた日本語の影響は、ミクロネシアのなかでももっとも深刻である。まず語彙のレベルでも、パラオ語にカイ（貝）という総称を供給した。パラオ語ではもともと「貝」はbud-ということばにふくまれる概念である。bud-は「表皮、皮膚、樹皮」なども意味する。しかし日本語からカイが借用され、あらたな民俗分類がうまれた。貝は独立させたほうが、経済面でも生産的であったからにちがいない。パラオではかつてクロチョウガイの養殖がさかんだった。日本語から借用された総称にはそのほか、イアサイ（野菜）もある。その借用語のなかには、カンケステル（関係している、ただし男女間のことは意味しない）、スカレテル（疲れている）などのように句から、オツリガナイ、キガツカナイのような文のレベルにまでおよぶ。一方でオツリも借用されているが、オツリガナイとの相関性は認められない。ようするに、パラオ語では、それぞれが別個の「単語」としてもちいられていることになる。パラオ語では「彼は疲れていない」は Ng diak skareter.（ング「彼」・ディアク「ない」・スカレテル）と表現され、日本語の文法をとりこむまでにはいたっていない。他のミクロネシアの言語では、動詞の借用はさすがに例がすくなくなる。パラオ語における借用の程度のふかさがわかるだろう。パラオ語がもうすこし長く日本語と接触していたらどうなっていたか。それをかんがえさせる例がある。さきほどの「-ステル」は、デキステル（できている、たいへんよい）にもでてくる。「-ステル」は日本語の状態を表すのでなく、完了や過去の接尾辞としてもちいられたのではないか。なぜなら日本語で「できしてる」とはいえないからである。もしそうなら、パラオ語は日本語と言語混合する一歩手前まで接触をふかめていたことになる。

このようなミクロネシアにおける日本語の残存について、現地でフィールドワークをおこなう研究者はすでにその事実に気づいていた。一九七〇年代には、アメリカの人類学者がミクロネシアにでかけるまえに、日本語の特訓をうけてきたという話も聞いた。しかし、そこでもちいられる日本語そのものを研究対象にした調査報告はこれまでにも皆無である。じつは私自身、ミクロネシアで現地のことばの調査にかかわったものの、そこに生きのこる日本語能力をとくに研究対象にしようとしたことはなかった。したがってフィールドノートにも「日本語」についてはほとんどなにも書いてない。しかし、このような状況におかれた言語そのものは、歴史的事実にたいする判断とはべつに、社会言語学的な研究対象として価値あるものであることは、言《げん》をまたない。

現在、ミクロネシアは、いくつかの国家的ブロックに独立、分裂してしまった。一方、日本語の世代はますますその数が減少し、英語の世代と交代しつつある。日本語の存在も、もはや風前のともしびである。そのなかで親たちの、ときには「秘密言語」ともなる日本語に関心をもつ若者たちもふえてきた。親はいまも子供を日本式に命名する場合が多い。チュークでは、ミネコ、ユキタロウ、ヨシチュネなどという日本風の名前も報告されている。ミクロネシアとおなじ状況は、一八九五年から日本統治がなされた台湾においてもおこっている。いずれにせよ、すでにひとり歩きをはじめた「ピジン化」日本語は、日本語を外から観察するための貴重な実験データとなってくれるであろう。

『月刊みんぱく』一四（七）：一五－一七、一九九〇、千里文化財団

## 七　関西の人

本誌の「関西人類学」で昨年連載された京都、大阪、神戸それぞれの人は、神戸と大阪には開放性（社交性）と合理性がある点で一致し、一方で独創性が大阪、京都に共通してみとめられるが、京都には独創性とは一見相反する伝統性が共存している、ということになろうか。

京都は、私の友人のなかにも、二〇〇年以上続いている家が珍しくないが、統計では、両親、本人とも京都府出身である生粋県人率は全国で四十二位と低い（ＮＨＫ　一九七八年調査）。しかし、京都市に限定すれば、この数字は割り引いてみるべきであろう。いずれにせよ、京都の伝統は歴史の重みのなかで養われた市民生活によって支えられている。一方、文明開化の窓口となりハイカラな生活が定着した神戸は、パンの消費支出が近畿はおろか全国を突出してトップという、なるほどと思わせるデータもある（兵庫県統計、朝日新聞社『'95民力』）。

中根千枝氏の理論で有名になった、日本社会の親分子分というタテ構造は関東には適合するが、商業的農業や都市化が早くから発達した関西では、人はむしろヨコ関係で結ばれ合っている、と加藤秀俊氏は指摘している。そのヨコ関係を維持し、調和をはかるために必要なのが関西方言であり、言葉は情報を交換するための道具としてのみならず、人と人との交流に必要な潤滑油のような機能もはたしているのである。その意味で、関西方言は関西文化そのものである。

関西では標準語が話せなかったり、地方なまりがでるのをはずかしいと思わない県がトップの神奈川、東京についで京都、兵庫、大阪の順となるのは示唆的である（ＮＨＫ　一九七八年調査）。狭い意味での関西方言はアクセントや語彙、語法において共通する点が多い。阪神間は京都・大阪方言圏にふくまれるが、播磨方言圏にふくまれる神戸とは少しの違いがある。そのひとつに京都・大阪の敬語の助動詞「はる」に対する神戸の「てや」がある。この「はる」には、ことに郷愁を感じる関西の人が多い。良い人にも悪い人にも、また家族にもペットにも、「お向かいに泥棒がはいらはった（はいってやった）」「お家の犬はよう吠えはる」のように使われる。

私は、とくに関西の人懐っこさを表す表現形式として「たる」を取り上げたい。たとえば、「奥さん、一〇〇円にしとくから買うたって」とか「ちょっと、これ見たってくれ」とか「うるさい音楽、ええ加減に止めたってんか」という表現は、共通語の直訳すれば「買ってやって」「見てやってくれ」「止めてやってくれないか」となるが、「てやる」はもともと「あいつにおごってやろう」のように利害を受ける他人に対し用いる言葉である。関西のように、自分のことをいうのに他人に頼むような用法は共通語では普通でない。この関西的表現には、言葉をうまく操ることによって、相手に近付いたり、また相手を引き寄せようとする努力がみとめられる。京都に本校のある、ある公務員試験受験セミナーの受講生募集の案内の表紙に「ネコの手もかしたろか」と書いてあり、「ネコの手もかりたい」側への「そんなに言うんやったらしゃあないな」という気を起こさせる名文句のように、私には感じられる。

他人に気を使う関西の人は、相手を傷付けることを恐れ、遠回しの表現をするのが得意である。その例に、これもよく引用される断りの表現の「考えときます」がある。また、私もときどき口にする言葉に「ややこしい」がある。共通語では、複雑な、忙しい、ウサン臭い、得体の知れない、危険な、などいろいろネガティヴな意味をもつ大変あいまいな言葉であるが、状況に応じて使いこなしているのである。この言葉にも、人間関係を配慮したうえで否定的な事柄を露骨に言わずにすませる不思議な力がある。

大阪で青少年時代を送った作家の宇野浩二氏は、ややこしい都とややこしい人、それが大阪であり大阪の人である、と言っている。関東の人の関西に住みたくない理由として、三割が関西方言になじめない（総合研究開発機構『新しい関西像』一九八一）と答えているが、この関西文化のキーワードであるややこしさが分からないと、関西の文化、ひいては関西の人のことがなかなか理解しにくいのではないか、と思われる。

関西の人は他人に気を使い過ぎる結果、過保護的な言語表現を日常的にも氾濫させているようだ。大阪のある店では「申し訳ございません。本日の営業は終了しました」と詫びの文句がわざわざ添え書きされてあるし、西宮の食品メーカーの商品には「ピスタチオの殻は非常に固くて食べられません。割って殻を取り除いてお召し上がりください」と袋に注意書きをしているが、殻まで食べる人がいるのだろうか。また、神戸のある私鉄の運転席の後ろの仕切りガラスには「夜間は運転に支障がございますので、かってながらカーテンを降ろさせていただきます」と断りが張ってある。運転士の後ろから電車の進行方向を眺めるお客のことを考えてであろうが、安全運転が優先すべきことは論をまたないから、どうぞどうぞ閉めてください、と言いたくなる。

神戸住まいの私は、通勤にこの私鉄系列のバスを利用しているが、もう数年まえからターミナルでバスの停車中、エンジンの停止が励行されている。これこそ、関西の、とくに神戸の合理主義と人間性の現れといったらほめ過ぎであろうか。燃料の節約になるだけでなく騒音も排ガスもなくなり、また二酸化炭素による地球の温暖化防止にも貢献する。このような心づかいは、ほかの都市でも是非真似していただきたいと思うのである。

『阪神ハイウェイ』二三一：一〇－一一、一九九六、阪神有料道路サービス協会

# 報告・エッセイ・講演

## 八　言語学からの報告

言語学は、学術会議の語学・文学研究連絡委員会にも席を持っています。しかし、本東洋学にも言語学の席があることについては、「東洋学研連ニューズ」第一号、第二号のなかで、前委員の梅田博之教授がすでに解説をしておられます。そもそものルーツは一九三八年に創立された日本言語学会の初代会長、新村出の『言語研究』創刊の辞、「わが学徒の研究事績、ことに東洋語学に関するそれを発表し……」と述べていることに発し、以後、東京大学、京都大学等において、日本の言語学者のなかの多くが東洋諸言語の研究に従事し、東洋学研究のなかで言語学の果たした役割が大変大きかった、と梅田教授は紹介しておられます。ただし、東洋語学といった分野が明確にあるわけではなく、日本を中心にすると同心円状にどの範囲まで含め得るのでしょうか。私の関係した文部科学省の特定領域研究「環太平洋の〈危機に瀕した言語〉にかんする緊急調査研究」では、南（インド）、東（中国、台湾）、東南アジアからシベリア、アラスカ、北米、中南米、オーストラリアまでも含めていました。東洋学の他の分野が、割と狭く限定された対象をもっておられるのに比べると大違いです。あとで述べますが、この地域には、世界的にみて言語数も多く、またそれだけ消滅の危機に瀕している言語も多いということになります。

言語あるいはことばは、あらゆる人間科学に関わっているのですが、言語自体は内向的に研究することも出来れば（音韻論、形態論、シンタックス）、外向的にすなわち身近には心理（心理言語学）、社会（社会言語学）、文化（人類言語学、言語人類学）（その一方で、文化の研究に主眼を置いて言語に依存するのは、認識人類学）といった現象との関連を研究にすることもできます。また意味論そして語用論（pragmatics）（談話分析、コミュニケーション論）は、内向と外向の両方にまたがっている、と言えます。このような両面に研究の道が開かれていることは、ソシュールもすでに指摘しています。また文字との関連でいえば、直接的には文字論（graphology）、また文学、文献学、歴史学、法学といった方面とも深い関係をもっています。

言語学では、研究対象とする研究のデータをどこで入手するかによって、デスク言語学とフィールド言語学に分けることができます。言語学の歴史そのものは、かつてフィロロジーと呼ばれたように、前者にあったことは言うまでもありません。しかし、フィールドワークが重視されるのは、二十世紀前半の、創始者ソシュールの構造言語学、あるいはアメリカでは人類学者であり言語学者でもあったボアズ以降であったのです。アメリカ構造言語学の生みの親であるサピア、ブルームフィールドは、ともに優れたフィールドワーカーでもありました。ソシュールの本のなかでも、言語史を考えるうえでの方言調査の必要性、重要性が述べられています。

さて、本シンポジウムの趣旨説明にそってお話させていただきます。

デスク言語学は、言葉そのものの内的構造の研究に重点を置くことから理論言語学へと展開してゆきます。わずかの、しかも二、三言語から人類の言語の論理を提唱したのは、チョムスキーの生成文法であります。二十世紀後半の言語学を代表すると理論と言えます。チョムスキーが、「火星人にしてみれば、あらゆる人間言語は同じで、ごくわずかなヴァリエーションがあるにすぎない。したがって、英語をとりあげれば、人間言語の基本的性質を理解するに十分であり、もしダブル・チェックにこだわるなら日本語も取り上げましょう」、と言ったという逸話（anecdote）は有名であります。

生成文法の一見、論理学的に見える枝分かれ（branching）、だれがその正当性を証明するのか、抽象的仮構物ではないのか。幸い、言語人類学ではその陥穽にはまることはありません。

一方、フィールド言語学は、自分の研究したい対象言語の資料がないから行うとさっき申しましたが、理論言語学との方法論上の大きな違いは、対象となる言語のなかから構造を明らかにしてゆくという帰納的方法を取るということです。逆に言えば、あるひとつの理論によって対象を説明するという演繹的方法は取らないということです。無論、これはあくまで原則論ですが、人類学のフィールドワークともその立場は同じことです。またフィールド言語学においてのみ可能な研究として、言語活動におけるヴァーバルな面はもとより、ノンヴァーバルな面が観察できるということがあります。人間のコミュニケーションにおいて、このような非言語的手段が七割を占めているという報告すらあります。

多くの場合（あるいはほとんどの場合）研究対象となる言語は無文字であることが多いのです。世界に文字がいくつあるかというと、大体四〇〇ほどとされています。そして世界の言語でまだ文字を持たない言語、これはおそらく三千、四千あるいはもっとになると思われます。ニューギニア、オーストラリアの原住民語を合わせただけで一千言語を越えますが、この内、ローマ字によって表記されるようになった言語は全体の一割にも満たないでしょう。

中国では公式には五十五の少数民族が公認され、政策的保護を受けていますが、実際は二〇〇を越える民族言語があると推定されています。中国の少数というのは話者数ではないことで、最多の壮（チワン）人は千数百万人に達しています。また最少民族は、他国にまたがっている民族を除外すると、雲南の基諾（チノ）人（チベット・ビルマ諸語彝（イ）語群、二万人弱）です。伝統的な文字をもっていることが少数民族言語としての認定条件として必要のようです。インドネシアでは公式の数は発表されていませんが、パプア州を含めると五五〇言語あると言われています。この内、文法書なり辞書があるのは、やはり一割ぐらいでしょう。パプア州、マルク州には、話者数が数人、数十人という言語もかなり報告されています。

しかし、無文字言語への蔑視は、一般的に抱かれていると思われます。そしてこのような文字言語をフィールドワークによって調査し記述するフィールド言語学は、理論言語学に奉仕すべき一段下の作業とみる傾向は、日本だけでなく世界的にも否定できないとも言われています。世界には、まだまだ名前しか（それも正確かどうか分からない）知られていない言語も多くあります。そのような言語がどんな特徴を持っているのか、調査が必要です。ニューギニアでは、これまで不完全で片言のピジン語などと呼ばれて蔑視されていた混合語（Maisin, Magori, Santa Cruz & Reef）の存在も知られているし、子音が六つ（鼻音を欠く、母音は五つ）しかない Rotokas、SOV なのに格をもたないような、これまでの言語類型論の知見に反する言語 Haruai も見つかっています。

文字をもたない、したがって、消滅の危機に瀕する割合の高い言語が地球上に多く存在するという事実から、効率化、グローバル化のために多様性を縮小することを歓迎するような議論になってはいけないのです。人類が生み出した言語、そしてその内で、我々が知識として持っているのはまだわずかにすぎない。わずかの言語例から推定された言語理論は、まだまだ不完全であるといわざるを得ません。

言語の多様性は、文化の多様性にも連動し、人類の発想と表現の豊かさを保証しているものであります。「多様な文化があってこそ、人類社会が豊かで、柔軟性に富み、活力あふれるものになる」、と私の親しい、ある言語人類学者は書いていますが（山田幸宏『ことばの民族誌』高知新聞社、一九九六）、至言だと思います。そのためには、学生には、フィールドにおける研究を重視し強調しなければならないと考えています。学生にそのような関心を呼び起こさせ、自らフィールドワークを行うことができるようになれば、大成功と言えます。

次に国際化に関連して、これは個人の話でなく、学会あるいは特定領域研究のレベルでお話します。国際言語学者会議ＣＩＰＬ（Comité International Permanent des Linguistes）という会議が、第一回会議をオランダのハーグ（常置委員会）で開催されて以降、第二次大戦中の休止期間を除いて、五年に一回開催されています。日本言語学会はその会員となっていて（負担金は年十万円）、学会内には連絡委員も置かれています。また、これまで会長が出席することが多かったのですが、学会が費用の一部を負担して、会議にも派遣しています。最新の二〇〇三年第十七回会議の報告は、『言語研究』一二四号（二〇〇三）に掲載されています（執筆・下宮忠雄）。十七回の参加国は四十七ヶ国、四三六名（日本からは二十七名）ということです。

さて、「東洋学研連ニューズ」第三号にも書かせていただきましたが、日本言語学会のなかには「危機言語」小委員会が一九九四年に設けられ、開設以来、関わってきました。とくに昨年三月までの三年半は、先に述べた「環太平洋の〈危機に瀕した言語〉にかんする緊急調査研究」（代表・宮岡伯人）の総括班代表として報告書の刊行にあたりました。成果報告書にかんしては、英語または国際語（ロシア語、スペイン語）で書くことを条件にしました。ただし、いろいろ理由もあって、完全に守られたとは言い難い。また、絶滅の危機に瀕した、シベリア、カムチャッカ半島コリヤーク語の絵本を作って現地に還元された女性のフィールドワーカー（呉人恵、富山大学教授）も共同研究者のなかに含まれています。年一回の国内シンポのほか、一回の国際シンポを開催しました。合計で国内は四回、国際は三回開催したことになります。ただし、海外から研究者を招くにあたっては苦労したことがあります。それは、このような研究課題、問題意識をもった研究者について、アジア諸国に適応な人材を見つけることの困難さでありました。危機言語の研究については、北アメリカ、オーストラリアは先進国であります。またいわゆるネイティヴスピーカーも積極的に参加しています。このようなネイティヴの方（オフィリア・ゼペダ、アリゾナ州南部トホノ・オオタム語）にも来ていただきました。なお、第一回国際シンポジウム（二〇〇〇）の成果が英文報告書とは別に、『消滅の危機に瀕した世界の言語』（宮岡伯人・崎山理編、明石書店、二〇〇二）として公刊されています。

最後に学際化についても、時間内でお話しておきましょう。言語、文化の消滅が危機的であろうとなかろうと、フィールドワークにおいて、現在、もっとも配慮しなければならないのは、言語をも含む文化の権利または復権という、世界的規模での民族問題が起こっていることです。とくにこのような原住民側からの意識の高揚は、北アメリカ、オーストラリアの先住民からもっとも早く現れています。このような問題は、言語調査を含むフィールドワークをするもの全体に関わってきます。私は、前任機関の国立民族学博物館で、一九九九年十一月、この問題にコミットしている文化人類学者と言語学者を交えた、公開シンポジウム「言語・文化における権利」を主催したことがあります。なお、このシンポジウムは、日本言語学会と民族学博物館の共催という形で開催されました。これは、身近な問題として、勝手に写真をとってそれを当事者の許可なしにどこかにそれを掲載する、これは肖像権の侵害になることがあります。また物質文化の展示は当然のこと、収集した言語データの版権が要求されるような厳しい例（北アメリカのセイリッシュ語）もあります。

最近、ことに生成文法へのアンチテーゼとして認知言語学が盛んになってきました。言語の在り方は、認知の営みによって深く動機づけられている、というのです。抽象的、思弁的、論理的すぎた生成文法への反論として当然で、言語研究の健全な方向を示すものだと考えます。ことに認知科学の枠組みでは、今後、言語人類学、心理学、脳神経科学、情報科学、行動学、生物学などなどといった分野との連携研究が必要であり、今後、その学際的研究の成果が期待されます。

言語学の術語（専門語）は、難しくてかなわないという声はしばしば耳にします。私は気をつけてはいるのですが、言語学概論で「言語は、記号の体系である」と何気なく言ってしまうのです。こういった説明では学生はちんぷんかんぷんであることを教える新書（黒田龍之助『はじめての言語学』講談社、二〇〇四）が出ました。つまり次のように言わないと学生は分からないのです。「ことばとは、何かを指している音の集まりで、その一つ一つの要素が役割を分担をしながら、全体としてまとまった働きをするもの」。問題はこれに留まりません。外国語から翻訳され漢語に置き換えられて分かりにくくなった術語が多く、『言語学大辞典術語編』『生成文法用語辞典』『ことばの認知科学事典』のような用語集が必要になります。

財団法人東方学会と共催シンポジウム「東洋学におけるディシプリンとその教育」
二〇〇四－五－一五、於共立女子大学本館、日本学術会議東洋学研究連絡委員会

## 九　マダガスカル語系統研究その後

ヨーロッパ人によるマダガスカル語の最初の記述は十七世紀にさかのぼり、またマレー語との類似に気づかれたのは十八世紀初頭である。やがてW.von Humboldtによって一八三六－三九年、系統的にマレー・ポリネシア語族のなかに位置づけられ、そして一〇〇年後、O. Dempwolff（1934-38）によってマダガスカル語は、オーストロネシア語族のなかのインドネシア語派（現在、西部マライ・ポリネシア諸語と呼ばれる）の構成員であることが比較言語学的に明らかにされる。このようなオーストロネシア比較言語学の研究は、古典語を中心に進められてきたインド・ヨーロッパ語族と比肩しうる研究史をもつのみならず、現代語だけに基づきながら比較言語学的な大きな成果が得られたという点でも画期的であった。

Dempwolffの約二三〇〇語を含むオーストロネシア語再構成語彙リストでは、マダガスカル語（以下メリナ方言の意味）がマレー語、ジャワ語、トババタック語、ンガジュダヤク語、タガログ語のすべてと対応する語例が一二九項目ある一方、マダガスカル語とンガジュダヤク語のみで共有される語彙が二十項目あることに注目したい。しかし、ジャワ語のみとの対応例は九項目しかない（崎山 1991）。

西部マライ・ポリネシア諸語内でのマダガスカル語のルーツ問題で画期的研究となったのは、O.Ch. Dahlのカリマンタン東南部マアニャン語との網羅的な比較である（1951、改訂版 1991）。

九　マダガスカル語系統研究その後

また、インドネシアからの移動の時期について彼が注目したのは、マダガスカル語のサンスクリット借用語は、すべてインドネシアの諸言語に見出されるが、その数は現在のインドネシア語におけるほど多くないということで、インド文化の影響がまださほど浸透していなかった西暦五世紀（ヒンドゥー・クタイ王国の頃）以降と推定された。この説は、現在、大方の言語学者によって認められているといってよい。たとえば、インターネット上でも公開されているＳＩＬの系統分類に従えば、ボルネオ東部バリト諸語のなかで、中南部語群のドゥスン語、マアニャン語、北部のラワンガン語と対等にマダガスカル語が置かれ、西部バリト諸語の南部に置かれたンガジュダヤク語とも近い関係にあることが分かる。

ただし、言語学以外ではこの説にまだ猜疑的で、歴史学者 W. Marschall（1995）は、マダガスカルとインドネシア間の単に似ている現象を指摘するだけでなんら体系的研究がなされていないとして、冶金を伴うマレー式ふいご、織り、大陸海洋性原理、水牛による蹄耕などを列挙している。この点についてわが国で行われた、東南アジア・オセアニアの文化クラスターの共同研究（大林太良ほか編『国立民族学博物館研究報告別冊11』1990）ではマダガスカルも比較対象地域に含め、マダガスカルは、東南アジア初期鉄器文化にイスラム教要素が加わった文化複合を示すことで共通性があることが示された。この文化複合項目のなかでマダガスカルに見出せないのはロングハウス、こう打法、内臓占いのみである。この共同研究の成果が無視されているのは、遺憾ながらことばの壁（language-barrier）というべきか。

カリマンタン起源説に修正をとなえたのは、K.A. Adelaar である（1989）。彼は Dempwolff が比較したマダガスカル語と対応するマレー語、ジャワ語の多くは借用語であるとみなし、またそのような借用語はタガログ語、台湾諸語（死語のシラヤ語）にまで及んでいるとみる（1994）。そしてヒンドゥー化したマレー人がスマトラからマダガスカルに渡航したのは八世紀から十三世紀までと主張する。七世紀、南スマトラのスリヴィジャヤ王国の古マレー碑文群もその言語的証拠とする（1989）この見解に対し、Dahl は、スリヴィジャヤからカリマンタンに来たバンジャル・マレー人に追われたマアニャン人が、南スマトラのバンカ島に着いたのち、マダガスカルへ出立したと反論する。現在、バンカ島のロム語（スマトラ諸語のなかで孤立的言語、話者は五十人で消滅の危機に瀕する）はその後裔であり、さらにセカック人（バジャウ人の子孫）がマダガスカルへの航海を助け、マアニャン語がコモロ語（バンツー語系）を基層言語としてマダガスカル語が八世紀に生まれ、現在のヴェズ人はこのバジャウ人の子孫であるという（1991）。しかし、これらスマトラの諸言語がマアニャン語（すなわちマダガスカル語）と系統的構造的にとくに近縁であるということは証明されておらず、Dahl 説が単なる仮設であることは、Adelaar も指摘しているとおりである（1995）。

Adelaar の根拠は、原オーストロネシア語の音韻がマダガスカル語で多層的に対応する（multiple-reflexes）という点にある。言語系統一元論に執着する比較言語学の発想からは予想されることとはいえ、このような借用語説に固執することはいまや現実的ではない。私は、借用語ではなく地域的祖語形として処理すべき例を魚名において示した（2012）。オーストロネシア語ではこのような多層的音韻対応は珍しいことではなく、ミクロネシアのチャモロ語、ヤップ語などにも同じ現象が認められる。私は、安易に借用語論に組することは言語史を誤らせることになると考える。借用語論では、言語は変化しても文法部分の核心は変わらないと主張せざるを得ないことになるが、マダガスカル語の形成が果たしてそのように一元的であっただろうか。遺憾な点は、Adelaar の問題提起は音韻・語彙面についてのみであって文法の比較がまったく行われていないことである。

私は、Dahl の紀元五紀カリマンタン起源説に無視できない言語的根拠があるとみる。同じ頃に日本列島に移動したと推定されるダヤク人と隼人の楯との類似も偶然であろうか。しかしなぜ、クタイ王国が民族移動への大きなインパクトを与えたのかは謎である。結論的にいえば、マダガスカルへのインドネシアからの移民は、紀元五世紀にカリマンタン東南部から開始され、十四世紀以前にジャワからの移民で終了した。この終了の時期は、十四世紀中旬以降ジャワで発生し島嶼部各地に広まった宝剣（ジャワ語クリス）文化のマダガスカルにおける欠如、マジャパヒット王国史『ナーガラクルターガマ』（一三六五）にマダガスカルへの言及がないことなどによっても証明されよう。十世紀にわたるマダガスカルの言語形成が単一の言語系統だけで推移してきたと考えることは論理的ではない。多層的音韻対応を柔軟に解釈するためには、言語混合というプロセスを考慮せざるを得ない。メリナ語には音韻的語彙的に基層となった東南カリマンタンや南スラウェシの言語が卓越し、接辞法を含む文法や語構成にはジャワ語法の一部が見出される。例えば、マダガスカル語の能動命令法の接尾辞 -a はジャワ語の能動非現実（arealis）の -a と対応するものであり、fi-（行為名詞化）、mi-（中動態動詞・自動詞化）のような接頭辞もジャワ語の

pi-（使役動詞化）、mi-（自動詞化）によってのみ説明が可能である。今後、このような文法比較による研究がさらに行われなければならない。

マダガスカル語の形成は、現在、世界各地で見出されるピジン化のパターンとも合致する。例えば、オセアニアで話されるトクピシンは、語彙は英語が圧倒的に多いが、文法はむしろオセアニア諸語から多くを負う。十七世紀以降、メリナ王国の支配と拡大に伴うなか、インドネシア、アフリカ、アラブ系の多言語多民族状態のなかでジャワ語が共通語（lingua franca）として優勢になり、その後、ピジン化しクレオールとなったのが現在のメリナ語の母体となったと考えられる。マダガスカルの諸方言間の言語的差異が小さいことも、このような比較的新しい時代に行われた言語的統一と無関係ではない。

［参考文献］

Adelaar,K.A. 1989 Malay influence on Malagasy: Linguistic and culture-historical implications. *Oceanic Linguistics* 28（1）:1-46.

Adelaar,K.A. 1994 Malay and Javanese loanwords in Malagasy, Tagalog and Siraya（Formosa）. *BKI* 150: 50-65.

Adelaar,K.A. 1995 Une perspective linguistique sur les origines asiatiques des malgaches. In S.Evers and M.Spindler（eds.）*Cultures of Madagascar : Ebb and flow of Influences,* 47-55. Leiden : International Institute of Asian Studies.

Dahl.O.Ch 1951 *Malgache et Maanjan*. Oslo: Egede Instituttet.

Dahl.O.Ch.1991 *Migration from Kalimantan to Madagascar*. Oslo: Norwegian U.P.

Dahl.O.Ch.1995 L'importance de la langue malgache dans la linguistique austronésienne et dans la linguistique générale.

In S.Evers and M.Spindler (eds.) op.cit., 39-45.

Dempwolff,O.1934-38 *Vergleichende Lautlehre des austronesischen Wortschatzes* I-III. Berlin: Verlag von Dietrich Reimer.

Marschall,W. 1995 A survey of theories on the early settlement of Madagascar. In S. Evers and M. Spindler (eds.) op.cit.,29-34.

崎山　理 1991「マダガスカルの民族移動と言語形成―民俗語彙・植物名称の意味的変遷から」『国立民族学博物館研究報告』16(4): 715-762.

崎山　理 2012「マダガスカルのオーストロネシア系魚名」飯田卓編『マダガスカル地域文化の動態』(国立民族学博物館調査報告 103) 209-240.

ニュースレター『SERASERA』一一：一－三、二〇〇四、マダガスカル研究懇談会

## 十　危機に瀕した言語研究のこと

ここ数年来、東南アジア、オセアニアにける危機に瀕した少数民族言語の調査研究にも従事してきた。日本言語学会のなかには「危機言語」小委員会が一九九四年に設けられ、開設以来、関わった。とくに昨年三月までの三年半は、文部科学省の特定領域研究「環太平洋の〈危機に瀕した言語〉にかんする緊急調査研究」（代表・宮岡伯人大阪学院大学教授）の総括班代表として報告書の刊行にあたり、現在まで確定を含む総数で一一九冊に達する。私自身の研究対象はオーストロネシア語族であるが、関係するアジアの国ぐにはいろいろな問題が存在する。中国では公式には五十五の少数民族が公認され政策的保護を受けているが、実際は二〇〇を越えると推定される。中国の少数というのは話者数ではないことで、最多の壮（チワン）人は千数百万人におよぶ。伝統的な文字をもつことも少数民族言語としての必要条件のようだ。私の調査した海南省の回輝話（漢名、自称はポイチェッ「占語」）はチャム系の言語を話すイスラム教徒で人口は五千人、母語を書くすべをもたない彼らの言語は、日常生活においてアラビア語、中国語、海南語の下位に置かれていて、このままの状態だと消滅が懸念される。ヴィエトナムでは公称で五十五の民族語が認められている。このなかには主力の越人（キニュ人）も含まれるが、私に関係するチャム系民族は、最多のジャ・ライ人を初め、チャム人は数万人とみられる。現在、カンボジアのチャム語との間で方言差が拡大している。また、かつての戦乱でタイに避難し、そのまま定住しているチャム人も相当数にのぼるようだ。このような場合、動態的研究が必要となる。ヴィエトナムでは、民族語の刊行助成が日本のさる企業の財団を通じて行われていた。Bùi Khánh Thế（ブイ・カニュ・テヘ）編で九〇〇頁以上の『チャム語―ヴィエトナム語辞典』（一九九五）（この逆引辞典も計画されていた）のほか、Vương Hữu Lễ（ヴオン・フウ・レ）編のオーストロアジア語系ブル語（四万人）の『ブル語―ヴィエトナム語―英語辞典』（一九九七）は、著者から直接いただいた。私は同財団の援助による、ある国の民族語の刊行物の評価をさせられたことがあるが、それに比べてすばらしい出来である。帰国後、これら刊行物を公に入手したいとその財団へ申し出たところ、まったく不可能であることが判明した。要するに、すべて現地への還元物であってわが国には一冊のストックもなく、さらに流通経路にのっていないのが理由であった。せっかくの成果が現地でしか入手できないとは、その処遇を大変惜しく思った。

一般にアジア諸国ではユネスコの「言語を失うことは自然の教科書を失うこと」という訴えにもかかわらず、少数民族言語の調査に対してとくに積極的（協力的）であるとはいえない。多くは国語（公用語）の普及が急務であるうえ、特定の民族語を調査することは政治的干渉とみなされかねない場合もあり、現地調査のための許可の取得（ヴィエトナムでは共産党中央委員会、インドネシアではＬＩＰＩのような窓口をまず経る必要がある）まで相当の期日を覚悟しなければならないなど、言語の危機と裏腹に困難な状況がある。

『東洋学研連ニューズ』三：一二―一三、二〇〇四、日本学術会議東洋学研究連絡委員会

# 十一　日本語のルーツの一つとしての南島語族

## はじめに

私は元来、日本語の系統を解明するという目的で南島語を研究してきたわけではないが、日本語と南島語との系統を探ることは、魅力的なテーマだと考えている。

## オーストロネシア（南島）語族

オーストロネシア語族は、日本を扇の要のようにして非常に広い地域に分布し、旧分類では、インドネシア・メラネシア・ポリネシアの三語派がある。現在は台湾諸語を除くインドネシア諸語を西部マライ・ポリネシア諸語（台湾諸語を含むとオーストロネシア語族と定義される）、メラネシア・ポリネシアの諸言語をオセアニア諸語として分類する。ただし、ニューギニア内陸部とその周辺の島々のパプア諸語やオーストラリア原住民の言語は、オーストロネシア語族には属さない。

ところで、日本語のルーツとしてオーストロネシア語族を考えることは新しい傾向ではない。すでに一九二〇年代にV.van H. ラバトンとかA.N.J. ワイマントが日本語の南島語起源説を唱えたことがある。しかし、音と意味の似た語を並び立てるという程度のものであった。そのほか、堀岡文吉、坪井久馬三らの日本人も、同じく一九二〇年代に、日本語のルーツを考える際の南島語に注目した。しかし、私から見れば、彼ら南島語の基準というのは、大変不明確であった。例えばポリネシア語は日本語と同様、母音で終わるが、それは南島語全体に一般化してしまったり、語順が日本語の語順とは異なるといった一般化である。パプア諸語は、本来、日本語のような語順をもっていて、そこへ移動してきたオーストロネシア語族のなかには、パプア諸語の影響を受けて自らの語順を変えてしまったものもあった。したがって、南島語についても、もっと正確な理解をする必要があった。

## 言語混合

比較言語学者は言語混合という概念に対して強い拒絶反応を示す。人種は混血するにもかかわらず、インド・ヨーロッパ語族のような純血例があるので、言語は混合しないと確信しているからなのか。しかし、インド・ヨーロッパ語族はせいぜい四千～五千年の歴史しかないが、ニューギニアでは少なくとも三万年、オーストラリアではさらに古く人類が移動したことが分かっている。現在、オーストラリア、ニューギニアにはたがいに系統が不明な言語が混在しており、一万年という単位で考えてみれば、比較言語学の方法論は適用しにくくなるということである。日本列島においても縄文早期から現代まで一万年、その間に言語混合が起こっていても不思議ではない。主として西日本まで広がったオーストロネシア語族と東日本に先住していたツングース諸語は、前者は漁労文化、後者は採集狩猟文化を生業としていたから、社会的な機能分担が行われていたが、そのうちに、両者間で通婚がはじまり、またその中から支配者が現れて、そして言語が混合するという現象が発生したのである。

混合言語というと、不完全な言語のように考えられている。しかし、従来、ピジン英語と呼ばれていたパプアニューギニアのトクピシンは、メラネシアの言語の文法と英語の文法を混合した言語であり、現在、人口の三分の二に当たる四〇〇万人は英語よりもトクピシンをよく話す。トクピシンに翻訳された福音書もあり、一個の言語として完結した体系をもっている。言語混合は存在しないとか、不完全とかいう考え方は、もはや通用しない。

## 古代・上代日本語のオーストロネシア語族的要素

### 民俗語彙の例

言語の比較には民俗語彙を重視すべきである。例えば、「はえ」という語は沖縄で南や南風を意味する言葉であるが、実はこの言葉は日本列島の海岸沿いに西日本まで広がっている。この語源は、オーストロネシア語の再構成形、O・デムプウォルフによれば、魚のエイを意味する*paRiである。エイは菱形をしているので、オーストロネシア民族は南十字座をエイに見立て、「エイの星」と表現される。日本列島に至ったオーストロネシア民族は、南十字座は見えないけれども、その方向である南、その方から吹いてくる風にその語形を残したのである。

日本列島におけるこの「はえ」の分布は、縄文時代晩期の土器である、東日本の亀ヶ岡式と西日本の凸帯文式のうち、西日本の土器の分布と一致する点で注目すべきである。また民家の形式においても、東日本と西日本との違いである、西日本の分棟型（二棟型）と重なる点も重要である。オーストロネシア語族がニューギニアの北を、西から東に通過したのが紀元前三千年ごろとされるが、その分流がフィリピンから北上して日本列島に至ったことが、縄文晩期という年代とも一致する。

もう一つ、沖縄では地名になっている「よね・よな」という民俗語彙も興味深い。琉球の古辞書『混効験集』（一七一一）には「よね　米の事、又砂をもよねといふ事有」と記されているが、この言葉は、オーストロネシア祖語の *qenay（オセアニア祖語 *one「砂」）に由来することが明らかであろう。ニューギニアのある民族は、新しくインドネシア方面から渡来した米を砂と同じ言葉で呼ぶ。これと同じように、初期に渡来したオーストロネシア語族が、遅れて到来した米を砂に見立てたのである。現在、インドネシアで生育するジャヴァニカ種（ブル種）の稲が沖縄にまで達していたことは、稲のフェノール反応によっても判明する。

## ウチとソトの世界観

国語学者の大野晋氏は、日本語の属格表現には「わが君」の「が」のようにウチの世界を、「春の霞み」の「の」ようにソトの世界を区別する仕方があるという。同様の譲渡不可能・譲渡可能と呼ばれる現象は、アイヌ語、ツングース諸語などのほか、オセアニア諸語にも見出されるから、日本語とオーストロネシア語族との同系性をことさら証明するものではない。しかし、日本語の格助詞「が」はツングース語系、「の」はオーストロネシア語系の要素であり、言語混合を象徴している。

### 接頭辞

上代日本語でその機能が不明確になっていた接頭辞は、そのほとんどがオーストロネシア語起源である。例えば、「ま-かなし=いとおしくなる」「ま-白」の「ま」は性質や状態を表す接頭辞 *ma-、「た-容易」「た-なびく=なびかれる」の「た」は被災性、無意図的受動を表す接頭辞 *ta-、「は-かなし=かなしくさせる」の「は」は使役を表す *pa- に由来する。

### オーストロネシア語族系の文化要素

南九州や沖縄にはオーストロネシア語族系の地名の痕跡が色濃く残っている。人類学者の金関丈夫氏は、この地方に「い」を付ける例が多いことを指摘している。この「い」は場所を表すオーストロネシア語の指示的代名詞と対応する。また民族学者の大林太良氏は、『日本書紀』景行紀に出ている熊襲の人名、厚鹿文（アツカヤ）、市鹿文（イチカヤ）などの「カヤ」とデムプウォルフの再構成形 *kaya「呪力と財産を有する者」との関係を示唆している。

死んだ女神から穀物が生えてくるという、『古事記』や『日本書紀』のオホゲツヒメで有名な神話は、インドネシアやメラネシアに見出されるハイヌウェレ型神話と一致し、また海幸彦山幸彦の釣り針喪失譚も、インドネシアに広く分布する神話である。

物質文化として、波照間島でアワの収穫祭に使用される砂時計型太鼓、弥生時代の遺物として主として西日本から南九州にかけ発見される石弾は、ミクロネシア、メラネシアにかけても顕著に見出される。

## むすび

従来、ともすれば一般的傾向として、日本語、日本文化の系統を北方にのみ求め、南方のオーストロネシア語族の要素は軽く見られがちであった。それには、無論、この方面への比較研究の遅れがあったことも否定するものではない。しかし、オーストロネシア語族研究が深められるにつれ、日本語、日本文化の深層に潜む南方的要素が、あらためて真剣に考察されなければならない時期に来ているのである。

『兵庫地理』三五：九三－九四、一九九〇、兵庫地理学協会

## 十二 「中西コレクション」その後

### 執念の人

文字の書かれた標本類をはじめ、辞書、語学書、手稿、ノート類、新聞など、故中西亮氏が生前、収集された文字資料コレクションのほぼすべてが、ご遺族によって民博に寄贈されたのは一九九四(平成六)年秋のことである。そのコレクションの一部は、一九九五年九月から九六年二月まで、私が代表となり「現代アジアの文字—中西亮コレクションから」というテーマで、四十種類の文字(資料数一〇八点)を民博の新着資料コーナーで展示、紹介した。とくにアジアと銘打ったのは、文字の種類が歴史的にももっとも多種で豊富な地域であり、また氏の南、東、北、東南アジアで収集された資料がもっとも多かったからである。そのとき作成したパンフレットに、私はおおむね次のように書いた。

人類は、文字という媒体によって音声による「言葉」を固定し遠隔地に伝え後世に残す方法を識った。文字のもつ深淵な機能と魅力は、文字はカミから授かったとみなす伝説にも現われている。また、文字は文字をもたなかった民族にも普及し、共通の文字文化圏を出現させた。そのため、文字の起源は少数の源にたどることができ、文字と言葉の系統とは異なるのが普通である。しかし、すべての民族が文字をもつわけでなく、過去も現在も、世界にはむしろ無文字社会のほうが多いこともしらなければならない。

文字には人を魅惑する魔力がある。文字は美的対象として特別の発達を遂げることも、漢字やアラビア文字の多様な書体に見られるとおりである。中西氏も文字の虜になった人のひとりであった。氏は印刷業という稼業にあったとはいえ、若くから文字の魅力にとりつかれ、世界中の文字を蒐集しようとした執念の人であった。ガンで壮絶な最期を遂げられる直前までの三十年間にわたり世界各地で蒐集された文字の種類は、これまでに存在したとされるほぼ四〇〇種に達していた。自宅では書斎横の一室を博物館にして収集品をガラスケースのなかに美しく「展示」しておられた。氏の痛みをおしての最後の蒐集行は、西アフリカの砂漠の民、トゥアレグ人の用いるティファナグ文字であった。そのときの紀行文（『文字に魅せられて』同朋舎出版、一九九四）には「さすがにくたびれた」と擱筆されている。

## 整理・保存・検索

寄贈を受けた資料は、形態的に図書資料と標本資料とが含まれるため、当初から整理上の困難が予想された。この問題点は民博ならではの情報管理施設という上部組織に所属する情報企画課、情報サービス課がたがいに連携しあい、前者は標本資料、後者は図書資料の受け入れ、整理、分類を担当するという方法で解決されることになった。口で言えば簡単であるが、異なる課にまたがる作業を円滑に進めるため、やや遅きに失した感はあるけれども、二〇〇〇年、当時の情報サービス課長の尽力で本作業のための専任職員を配置していただけた。これによって、その後の整理は能率よく進んでいる。

資料には中西氏の自ら詳しいデータを付けているのもあれば、まったくないものもある。このような資料にはデータベースが書けず、いまだ宙ブラリのものもある。また貝葉、羊皮紙、和紙折れ本、布切れ、竹片のような文字資料は、民博の従来からの管理方法に基づいて標本扱いとなる。また今回、ビルマの金箔漆塗りのペーサー教典、フィリピン・マンヤン文字の歌詞彫り竹筒、羊革袋入りのコプト文字聖書などを保管上か洋本ら図書資料でなく標本資料としたが、園田直子助教授（現教授、保存科学）に資料の性質、状態について鑑定をお願いし、取られた処置である。ちなみに標本資料は、定期的に薫蒸され、保管方法（中性紙箱）なども図書とは異なる扱いを受ける。

図書資料は書誌データによって登録番号が与えられる。一方、民博で用いられている標本資料用データベースには、現地名からはじまって標本名、収集地、使用地、使用民族、使用年代、使用状況、用途、製作年代、製作地などのような細かい情報が必要となる。しかし、標本資料として分類されたものにこれらの情報が不明のものが多い。さらに、図書、標本いずれのデータシートにも「文字」という項目は含まれていないことにかんがみ、特別に「中西文字コレクション目録作成のためのデータシート」を作成し、そこには「文字種」という項目をあらたに付け加えることとした。

このようにして、二〇〇二年二月現在、整理を終わったのは、図書管理資料として一、一九七点で、これに新聞ファイル十三冊が加わる。これは世界の地域ごとに綴じられた活版による新聞資料で、その部数は延べ二千～三千紙に達するであろう。また標本資料としては、二四二点が整理中である。現在、前者は図書室の書架二層に他の蔵書コレクションと並んで「中西コレクション」として配架され、後者は一階収蔵庫で別置されている。また、図書資料一一九二点について、「みんぱくマルチメディア情報検索システム（ＭＭＩＲ）で他の図書データとともに公開されている。将来、標本資料とともに「中西コレクション」という統一名称のもとでＭＭＩＲによる検索が可能となろう。

## データベース化

以上のような資料整理の過程において、私はジャワ文字とバリ文字をおもに担当したほか、鑑定と解読の作業には民博の専任教官をはじめ、館外からも直接来館されたり資料のコピーをお送りして、多くの方がたの協力を得た。次に依頼順不同でお名前（敬称略）を掲げ感謝したい。

荒川慎太郎（西夏）、飯島明子（ユアン）、家本太郎（ドラビダ）、石井溝（ネワール）、伊東一郎（キリル）、宇佐美好文（パンジャビ）、内田紀彦（カンナダ、サウラシュトラ）、オスタピラート・ウェラー（ラオス、タイ）、加藤昌彦（ビルマ）、金谷美和（グジャラート）、児玉望（テルグ）、佐藤昭裕（スラブ）、澤田英夫（シャン）、塩原朝子（マンヤン、バリ）、清水政明（チュノム）、高島淳・町田和彦・吉崎一美（デーヴァナーガリー）、高橋孝信（タミル）、塚本明廣（コプト）、柘植洋一（ゲーズ）、津村文彦（タム・ランナー）、ディリプ・チャンドララール（シンハラ）、奈良毅（ベンガル）、原聖（エイレ）、藤原啓介（チャクマ）、ベーリ・バスカララーオ（テルグ）、星泉（チベット）、溝上富雄（アッサム、ベンガル）、峰岸真琴（クメール）、宮岡伯人（イヌイット）、宮脇幸生（アムハラ）、山下博司（マラヤラーム）、山部順治（オリヤー、ディヴェ）、山本春樹（バタク）、吉野晃（ヤオ）、渡辺真理（ウルドゥ）［以上、館外］。

朝倉敏夫、韓敏、岸上伸啓、北川香子（中核的研究機関研究員）、小長谷有紀、佐々木史郎、サラン・ゲレル（客員研究員）、庄司博史、新免光比呂、杉本良夫、立川武蔵、塚田誠之、長野泰彦、西尾哲夫、松原正毅、南真木人、八杉佳穂、山中由里子、横山廣子［以上、館内］。

わが国では、昨年刊行された『言語学大辞典・文字編』（三省堂、二〇〇一）の執筆陣にうかがえるように幅広い文字の研究者が存在する。この辞典では二七二文字が項目として収録されている。中西コレクションの全データベース化が完成するには、今後ともいろいろな機会をとらえ外国人も含めた研究者にも応援を求めざるを得ないであろう。目録リストの刊行に至るまでにはまだ時間を要するといわねばならない。

## 文字資料の可能性

文字には何かを記録するという基本的な情報伝達機能のほか、社会のなかでどのような使われ方をしているか、どのような役割をはたしているかなどの民族学的資料としても重要な意味をになっている。このコレクションが民博の誇る資料であることは、あらためて言うまでもない。今年度の展示として東京外大ＡＡ研究所と共催で六月二十八日から八月二日まで『アジア文字曼陀羅―インド系文字の旅』が同所で開催される予定である。

私は、現在、文部科学省特定領域研究「環太平洋の〈消滅の瀕した言語〉にかんする緊急調査研究」に関係しているが、文字についても、同様の研究が必要とされよう。かつて存在した四〇〇種のうち、現在まで使用されているのは約半数と思われる。ジャワ文字は半世紀以上にわたるラテン文字化の結果、現在、これを読める若者はいなくなった。またイースター島のラパヌイ文字は、十九世紀半ばに使用者が途絶え、現在、未解読のまま残されている。しかし、文字によって絶滅した言語が復元できた事例は多い。

私は昨年三月に民博を定年退官したため、あとの作業は西尾哲夫教授（現在、グローバル現象研究部）に引き継いでいただいた。本稿執筆に際し、本作業の専任職員である松本裕子さん（情報サービス課）にその後の進捗状況をチェックしていただいたことを付記する。

（追記）中西コレクションから、その後、八杉佳穂編『文字の博覧会―旅して集めた〝みんぱく〟中西コレクション』LIXIL出版（二〇一六）が刊行されている。

『民博通信』九七：二二―二三、二〇〇二、国立民族学博物館

# 十三　遙かなるオーストロネジアン

ご紹介にあずかりました崎山でございます。石毛直道館長、秋道智彌部長からは身にあまるお言葉をいただき、恐縮しております。私自身は恥ずかしい気持ちで一杯になっていますが、退官講演というのは民博の恒例の行事でもありますので、私がずっと民博でお世話になってきたことを振り返りながら、学会での発表とはひと味違うようなお話をさせていただきたいと思います。

私の専門は言語人類学ですが、言語学の話は聞いていてもさっぱりわからんという方が多いので、話の進め方に困ってしまいます。ただ、語源なぞには興味を持っておられる方は多くて、その方面の話をすれば、皆さんには面白がっていただけるのかもわかりませんが、今日はそういうわけにもまいりません。私としては大変晴れがましいことですが、著作論文目録を作ってみました。こういうものをなぜお見せしたかといいますと、退官前のもろもろの人事のために秋道部長が綿密な業績リストを作ってくださいました。論文の中にはいまや私の手元にないようなものもあり、民博の業績棚で調べたりしてより完全なものにしました。これは私の研究の一里塚でもあり、またこの機会に皆様に見ていただきご意見をうかがって、さらに今後の将来の研究に資したいと考えたわけでございます。私は民博には一九八二年に専任教官として採用していただき、その前の四年間は併任教官でございました。したがって、専任としては十九年間、お世話になったことになります。その間の業績がここに並んでいるわけで、民博在任中、ずいぶんいろいろなものを書かせていただいたと思います。ことに、「その他」は抜粋ですが、自分でも楽しみながら『月刊みんぱく』に執筆したものが多いです。また、もとの秋道リストは編年体つまり年代順に並んでいますので、紀伝体とでもいうのでしょうか、研究分野別に並べ替えてみました。さきほどご紹介くださいましたように、言語人類学関係のものが多いわけですが、対照言語学、比較言語学、そしてフィールド言語学が主になります。フィールド言語学という名称は、最近、定着してきたようで、京都大学の人文科学研究所でもフィールド言語学の経験のある中国関係の助手を募集する、というような使われ方もしております。私は言語研究で、二つ三つの言語の知識から普遍論を唱えるというような、いわゆる生成文法的発想が学生時代から苦手でした。荘子に「名は実の賓」という有名な言葉がありますが、私なりに解釈いたしますと、大事なのは外形よりもむしろ実体の方であるということだろうと思います。私は、言語の実体の調査研究の方にむしろ非常に惹かれていたので、それがフィールド言語学という方向にずっと進んできたことになります。

最初のフィールドワークは、先ほどもご紹介にもありましたように、大学の夏休みごとに沖縄の宮古群島で行ないました。沖縄がまだ日本に復帰する以前のことです。現在は、沖縄の方言研究は非常に盛んに行われていまして、いつ行ってもどこかで方言学者が調査しているというような状況ですが、当時は、琉球大学の方言研究クラブが積極的に調査を行なっていたくらいで、むしろ人類学の調査が多く、例えば、古野清人、小川徹、鎌田久子、あるいは野口武徳といった方たちと平良市の学者のたまり場のような宿、泉旅館でいつも一緒になり、言語学以外のことも多く学ばせていただきました。ある時、当時までＩＣＵの講師をしておられた山口昌男氏もひょっこりやってきて、夜遅くまでしゃべりあったことも懐かしく思い出します。当時、沖縄では学童に方言を犠牲にしてでも大和言葉の習得を急がせるべきだという議論が盛んでした。私が、宮古島の文化、方言の保護、保存について地元の記者に熱っぽく語った記事（『週刊宮古』五四号、一九六二）を読んだ山口氏からヒューマニズムあふれる、といってひやかされました。琉球方言研究の論文は修士時代の習作で、今から見ると不十分で物足りない個所もあり、あまり人前には出したくなかったのですが、ちかぢか、『日本列島方言叢書』の「琉球方言考」（ゆまに書房）が影印で出版されるという計画が発表され、そのなかに、私の「琉球・多良間島、水納島方言の研究」（一九六二）、「琉球宮古方言比較音韻論」（一九六三）、「琉球語動詞の通時的考察」（一九六三）も再録してくださることになりました。これは大変というわけで、論文のなかから文字を探し出しては、それを誤植の個所に切り貼りするという作業をいたしました。もしこれらの論文をご覧くださるときは、今後、原文ではなくこの影印本の方でお願いしたく思います。

私は東京外国語大学でフランス語学を専攻し、言語学は徳永康元教授から習いました。京都大学へ進学したのは徳永教授のご指導もあったのですが、京都大学大学院では泉井久之助教授のもとで言語学を専攻しました。泉井教授は、戦前のいわゆる内南洋、現在のミクロネシア連邦ですが、そこでオーストロネジアン（オーストロネシア語族）のフィールドワークをされた経験もあり、今西錦治編著『ポナペ島―生態学的研究』（彰考書院、一九四四）にも調査中の泉井教授（当時、助教授）のことがちょっと記されています。講義では一度もオーストロネジアンの話はなかったのですが、インドネシア語つまり言語学的にはマレー語が非常勤講師の中西龍雄先生（当時、大阪外国語大学教授）によって開講され、泉井教授からこの授業に是非、出席するようすすめられました。先生の若いころの研究を思われるとか、いろいろお考えもあったのだと推察します。マレー語には初級と上級と週二コマありましたが、上級の学生は社会学専攻の前田成文氏（現、立本成文氏、人間文化研究機構長）と私の二人だけで、復習と予習をかならず余儀なくされるきついものでした。しかし、これで一気に力がついたのだと思います。京都大学には、そのころ、東南アジア研究センター（現、東南アジア研究所）が開設されてまだ間もないころで、東南アジア研究に対するホットなまなざしも存在しました。私も、院生として研究会のメンバーにも加えていただきましたが、現地での研究はセンターの派遣でなく、当時、インドネシアの社会福祉省が宝くじで収益した資金を拠出して作られた半官半民のシスワロカンタラ基金という外国人留学生を支援する団体から奨学金をもらい、二年間、ジャカルタでインドネシア大学、そしてヨグヤカルタのガジャマダ大学に留学しました。泉井教授がわがことのように喜んでくださったことはいうまでもありません。両大学では島嶼語学科という、インドネシアのジャワ語やいろいろの現地語が勉強できる学科に席を置き、また折りにふれフィールドワークも行ないました。この基金は、現在、解散しましたが、ジャカルタの閑静な住宅地クバヨランバルにある基金事務局長の私邸隣りの寄宿舎で個室を与えられ、当時、留学生はタイ、アメリカ、アルゼンチン、スェーデン、それから日本から石橋重雄氏（現、拓殖大学名誉教授）と数少なく、生活は家庭的で快適でした。インドネシアというのは世界的に見ても多言語多民族の国家であり、かつまた、ジャワ語という絢爛たる文化を誇る古典語があります。ジャワ語については古典語（カウィ語）を含めかなり勉強しましたので、現在、民博が所蔵する「中西文字コレクション」という膨大な世界の文字資料のなか、漢字、ラテン文字以外で、私が読めるのはこのジャワ文字と同系のバリ文字だけです。このようにインドネシアでの現地語研究のなかで、私のオーストロネジアンすなわちオーストロネシア比較言語学への世界がじょじょに開かれていったわけでありますが、ともかく、言語を比較することの面白さ、言語が規則的に対応し、そして民族文化に応じ意味変化も起こす、それを書物や論文からでなく、現場で観察し経験することから学ぶ機会を得ることができたのは幸せでした。

就職できた民博を土台にして、本当にいろいろな恩恵をこうむりました。今年は共同研究会が約三十もたれていますが、テーマがかなり細分化してしまって部外者にはちょっと近寄りがたいというような印象も与えないではないかと思いますが、私が民博に赴任した一九八二年には、その前年から松原正毅氏（坂の上の雲ミュージアム初代館長）を代表にした「象徴・分類・認識の民族学的研究」という、漠然としていてなんでも含まれそうなテーマで、その後一九八七年まで六年間、途中でちょっと名称は変わりましたが、毎週金曜日の午後、研究会が開かれていました。とにかく専門を異にする人たちがそこには大勢参加していました。この研究会は相互に切磋琢磨する場として非常に有意義であったと思います。メンバーは、自分で考えていることを気軽に、時には慎重に発表するわけですが、議論が白熱することもあるし、またはひどくやっつけられることもある。吉田集而氏（故人）はそのなかでも辛口の論客で皆に怖れられていました。この研究会にはサロン風というか、常に自由で楽しい雰囲気がありました。だからこそこのように長く続くことができたのでしょう。蛸壺化を防ぐためにも、今もこのような研究会があっていいのではないかという気がします。とくに民博の若い研究者に対し、そのことを痛感します。私はこの研究会から多くのことを学びました。言語人類学は、言葉の内部組織つまり言語のなかの機能ではなく、むしろ文化、社会における言語の機能を研究対象とするわけですが、その基本的、応用的考え方についてこの研究会から多くを吸収することができました。私が話させていただいた話題の一つに、論文「自然認識と言語表現」（松原正毅編『人類学とは何か―言語・儀礼・象徴・歴史』日本放送出版協会、一九八九）があります。F. de. ソシュールという、言語・言語学上のいろいろな分析概念を作ったことで有名な言語学者ですが、構造人類学者のレヴィ・シュトロースもその学的恩恵を強調していることは、皆様よくご存知でしょう。ソシュールの「言語のなかのすべての要素はたがいに張り合っている」という有名な言葉は、現在、「複雑系」と言われている概念そのものであります。私の論文は、ソシュールの、言語記号の単なる約束事で成り立っているという「恣意性」（arbitrariness）について再検討したもので、文化、認識との深い関わりは語彙だけではなくて、シンタクスにも現われるということを述べたものですが、これは後に、谷泰氏からも興味深い論考であると、お褒めをいただきました。

さらにもう一つ、文科系の学問は縦割りが強く文学部などでは考えられないことではないかと思いますが、私にはいくつかの共著論文がございます。自然科学では共著論文はむしろ普通ですが、民博という研究機関にいたからこそできた名誉ある研究であると自負しています。石毛氏とは「魚醤とナレズシの名称—魚の発酵食品の研究（七）」（『国立民族学博物館研究報告』一三-二、一九八八）を一緒に書かせてもらいました。これは東南アジアの魚醤とナレズシの名称を調べ、比較研究を行なったものですが、方言地理学的手法を用い、民俗語彙（folk vocabulary）の名称の分布と伝播をたどり、その起源を考察するという、私にとっても大変面白い研究でありました。また秋道氏とはManus fish names（『国立民族学博物館研究報告』一六-一、一九九一）で、パプアニューギニアのアドミラルティ諸島のうちのマヌス島の魚名方言の比較研究に加えてもらいました。私は、秋道氏の調査前に、ある方言（ロウ方言）を調べていたので、その魚名を持ち寄って比較を行なったのです。マヌス島には漁労民がいるかと思えば、半農半漁民がいる、それに農耕民がいる、というような生業上の特色があり、その中で魚名にもいくつかの類型があるということを一緒に書かせていただいたものです。また、ニューギニア島はミクロネシアにも大変近い所に位置しています。現在、オーストロネジアンの移動はニューギニア島の北を通って東に向かったというメインルートについてもっぱら論じられますが、ニューギニア島から北上してミクロネシアへ向かうルート、これは細い線であったかもしれませんが、そのような文化的流れも無視できないのではないかということを、私はこの論文で魚名から指摘いたしました。ミクロネシアのパラオ島の言い伝えでは、タロイモはニューギニア方面からもたらされたとされます。ミクロネシアの島に滞在中、ニューギニア辺りからからしいカヌーが流れ着いているのを幾度か目撃したこともあります。なお、吉本忍氏の織りの研究に加わり、東アジア、東南アジア、オセアニアなどの織りの関連名称の比較を試みたのも忘れがたい思い出です。これも本当に楽しい研究でした。

民博で得た研究上の便宜についても感謝を込めて紹介させていただきます。ＫＷＩＣというデータの利用法があります。これはKey Word in Contextの頭文字を取ったもので、現在ではスキャナーを使って文書を読み込ませ、それをパソコンに取り込んでデータ処理するというようにわりあい簡単に作製できるようになったかと思われますが、すこし前では、自分で文書を読みながら例文をカードにコツコツ取るという原始的な手作業によるしかありませんでした。その後、コンピュータ技術の進歩によってＫＷＩＣ化によって簡単にコンテキストが調べられるという方法に変わりました。しかし、ＫＷＩＣ化のためのデータ入力には、自分でするか、入力してくれるキーパンチャーが必要だったわけです。このような特別な名目の経費は、大学の通常の経費から支出できないと聞いています。民博ではそれが可能であったおかげで、私はいくつかの言語テキストを入力してもらい、その中でも十七世紀のマレー語で書かれた『マレー編年史』（Sejarah Melayu）の二つの写本の全文を入力し、そこから代名詞の用法を網羅的に調べた結果、「『マレー編年史』の代名詞―ＫＷＩＣにもとづく比較研究」（『国立民族学博物館研究報告』七－四、一九八三）として発表しました。たとえば、現代のマレー語（とくにインドネシア語）でtuanという話し相手に向ける代名詞は、男性に対してしか用いられない敬称ですが、十七世紀には女性にも使われている用例があり、これは新発見でした。また、ヒリモトゥ語の詳しい言語データとして福音書をＫＷＩＣにし、それに基づき執筆した論文「ヒリモトゥ語の類型：辞順と後置詞―ＫＷＩＣに基づく通言語的研究」（『国立民族学博物館報告』一九－一、一九九四）があります。ヒリモトゥ語は、オーストロネジアンのモトゥという土着語が源で、モトゥ人は約一万数千人がポートモレスビー周辺に住んでいるわけですが、このモトゥ語をベースにパプア湾岸沿いの共通語としてピジン化し形成された言語がヒリモトゥ語と呼ばれます。もちろん、最多の共通語トクピシンに比べますと使用者は約二十万人と少ないのですが、キリスト教宣教師もパプア湾沿いではこの言語で布教したりしています。従来、この言語はおもに治安に用いられていた関係でポリスモトゥ語とも呼ばれていました。モトゥ語は、言語学者なら喜びそうな「能格」(ergative)という文法的特徴をもっています。これはなにかを簡単に申しあげますと、自動詞文の主語のマーカーと他動詞文の目的語のマーカーが同じ形を取り、他動詞文には専用の主語のマーカーがあって、これが能格と呼ばれるのです。典型的にはバスク語やグルジア語で知られています。モトゥ語、ヒリモトゥ語の語順は、日本語と同じ主語—目的語—述語です。ニューギニア島に至ったオーストロネジアンの中には、先住民のパプア諸語の主流である主語—目的語—述語という語順の影響を受けた言語もあったのです。言語の類型からは、例えば日本語の構造からも明らかなように助詞、助動詞のような後へ付く要素(後置詞)が発生してきます。モトゥ語もそうでして、日本語の主格助詞「が」に当たるような能格小辞 ese を持っていました。しかし、ヒリモトゥ語では、この ese はピジン化の結果、自動詞文にも他動詞文にも主語のマーカーとして区別なく用いられるようになったわけです。外国で現地語を勉強しても、文法的用法がどこまで分かっていたかという問題とも関係すると思いますが、このように網羅的なKWIC分析を利用した結果、いろいろの新しい発見をすることができました。

ここで、ちょっとした不思議なエピソードをお話ししましょう。私は、国際交流基金の要請で一九八四年から一年間、パプアニューギニア大学に派遣されたのですが、その間、本業の現地語研究も行ないました。ポートモレスビーでヒリモトゥ語もなんとか話せるようになったある日の午後、在パプアニューギニアのインドネシア大使館員と知り合いになりました。その人とは、勿論、マレー語で会話をすることになるのですが、両方の言語に多くの共通の語彙があるにも関わらず（無論、音韻変化を考慮しての話です）、語順を変えてしゃべらなければならない、両言語の間にはそれぞれ一千数百年以上の年代が経過しているはずです。私は、言語変化の不思議さ、同時に音韻変化の規則正しさを実感しながらアナクロニックな状況にいる自分に、得もいわれぬ感興を覚えたのでした。

お配りした業績目録の後ろに、この三月末刊行予定の「オーストロネシア語族と日本語の系統関係」（『国立民族学博物館研究報告』二五－四、二〇〇一）という民博在任中の最終論文を付けさせていただきました。ここにはオーストロネジアンの特徴がエッセンスのようにまとめられています。オーストロネジアンは、インド・ヨーロッパ語族の比較言語学と根本的に違っているところがあり、いわゆる祖語形（protoform）がＣＶＣＶＣ、ＣＶＣＣＶＣあるいはＣＶＣＶのように複音節の形をしていることです。伝統的な比較言語学者の目には単音節の語根に分析できないのかとうつるのも当然です。いくつかの試みはなされているもの、どれも成功したとは申せません。したがって、比較言語学の「長い語は借用語」という考え方はオーストロネジアンには当てはまりません。このような複音節形から、各オーストロネジアンへの音変化を考えることができます。

また、この複音節形が単音節になって声調が発生する例が、パプアニューギニアのヤベム語、中国海南島の回輝語（自称はPoi Tsaan「占語」）に見られます。また、語末の開音節化がオーストロネジアンの周辺で起こります。ポリネシア諸語では徹底的に子音を落として、マダガスカル語では子音を落とす場合もあるが、母音をつけて開音節化することもある、このような傾向は、日本列島に渡来したオーストロネジアンでも、当然、発生したと考えていいはずです。

それともう一つ、オーストロネジアンの重要な特徴をご紹介しましょう。東インドネシアからオセアニアにかけてのメラネシア諸語では、接辞を中心とした構造を持った言語です。具体例をあげますと、「少年はその犬を見る」という文では、「見る」という動詞に、主語接辞（彼、三人称単数）と目的語接辞（それ、三人称単数）を付けて言うという、文法的仕組みを持つ言語です。要するに、目前の具体物が話者間で知悉されている場合、「彼はそれを見る」という表現だけで十分、文として成り立つわけです。これは談話型構造と呼んでもいいと思います。このような構造を持つ言語はアイヌ語がそうですし、オーストラリアやアメリカの原住民諸語、パプア諸語も多くがそうであります。したがって、この構造の言語は動詞を中心として接辞の位置が厳密に決まっていることになります。私は「辞順」と呼びますが、八杉佳穂氏が研究しておられる中米の言語もそのような構造を持ち、八杉氏は「文核」と言っておられるようです。このような言語の例が、私の論文の中ではインドネシアのマルク諸島セラム島のアルネ語で示されています。「私の姉さん（または兄さん）はピルへ行く」という文は、「行く」という動詞に「イ＝彼（彼女）」

という人称接頭辞単数が付いています。複数形では区別があり、「村の人たちは魚を売っている」という文では、「村の人たち」という具体的名詞があって、そして動詞にもう一度「シ＝彼ら」という人称接頭辞複数が付いています。この接辞を含む動詞句だけでも十分に文として機能するという特徴を持っているわけです。ここに現われる「イ」「シ」という要素ですが、私は、上代日本語にも用例のある「イ」「シ」と文法的機能的に対応すると考えています。

さて、今いろいろな機会で「グローバル化」という言葉が用いられます。このグローバル化という問題につきましても、オーストロネジアンから考えてみなければならないことが多々あります。グローバル化の西の代表はマレー語でありますし、東の代表はトクピシン（Tok Pisin）であると言っていいと思います。その問題点として、グローバル化と呼応して土着語を侵略しあるいは圧迫し、結局、消滅に追いやってしまうというケースが非常に多く発生しつつあるように思います。一方でこの大言語も、それ自身、無傷ではすまないわけで、自らも変貌を余儀なくされるという宿命を背負っています。マレー語はグローバル化が進む一方、地方でそのマレー語は変種（varieties）に変わっていくことが指摘できます。インドネシア、マレーシアの各地にローカル・マレー語が存在しています。この地方の人びとにとって「標準的な」インドネシア語あるいはマレーシア語というのは、放送や新聞で耳にし、目にすることのできる、限られた言語であり、実際に人びとが都会で話し言葉として機能させているのは、ローカルなマレー語、そしてその下には生活に密着した自らの土着語、民族語があるという状況が存在します。そしてその間のコード・スイッチングを行ないながら言語生活を維持しているということになります。マレー語の変種として注目すべきは、オランダ時代にオランダの植民地にマレー人がかなり連れてゆかれ、それは十九世紀以降ことに多くなったと言っていいかと思いますが、その後裔たちのマレー語です。スリランカでは、現在、マレー人のコロニーも存在し、そこでは現地の言語の影響を受けて言語混合も発生しています。例えば、スリランカのマレー語では、語順が先にお話したパプア諸語から影響を受けたヒリモトゥ語と同じように、タミル語あるいはシンハラ語の影響で主語―目的語―述語というように変わっています。そのうえ、マレー語に特徴的であった接頭辞がだんだん消滅し、接尾辞はまだかなり残るという言語類型論的に興味深いのみならず、言語動態論的に見ても大変重要な現象を起こしつつあります。これは今後どうなっていくのか、私としても非常に関心を持っています。

つぎにニューギニア島ですが、ここは世界一言語密度の高い地域だと言われています。人口密度という言葉はありますが、言語密度というのは、あの大きさの島の中で言語が八百数十語（そのうちオーストロネジアンは百数十語）存在するということです。しかし、その中で少数民族語がどんどん消えつつあります。現在、インドネシアのイリアンジャヤ州（現在、パプア州）では調査が不可能なうえ情報も十分ではありませんが、東側の独立国パプアニューギニアでは、少数民族語問題にかなり関心が高まってきており、パプアニューギニア大学のO・ネキテル教授の調査では、ごく近年、六つの言語が絶滅しました。そして、現在、話者が五人以下の消滅寸前の言語が六言語、それから話し手が十人以下でやがて消滅するだろうという言語が四つリストアップされています。もちろん、これに対し言語学者が手をこまねいているわけにはいかないのですが、調査を行なうためにはいろいろ困難な問題があります。まずその言語へのアクセスの問題、そしてこれは長期戦でかからなければなりませんので、一、二ヶ月の短期滞在で終わる問題ではなくそれに伴う経費の問題。経費には、無論、成果を地元に還元するという項目も含まれます。インドネシアではマルク州に一一七の土着語があることが、アンボン島のマルク州立パッティムラ大学とＳＩＬ（Summer Institute of Linguistics）の共同作業で明らかにされました。このうち、話者数百人という言語は十数語に達します。いずれもマレー語（インドネシア語）の強い影響下に置かれているため、将来が懸念されます。しかし、言語の調査ということに伴って、最近ではそれに付随する問題を考えなければならない状況が起こっています。この間も、博物館で見る側、見られる側の論理という問題が提起されていましたが、言語についても調査する側と調査される側の間のさまざまな問題が発生しています。ことに、調査した言語を現地に還元できないようでは調査を許可しないという強い意思表示を示している地域として、北アメリカあるいはオーストラリアがあげられます。当然、言語調査は、その後も現地においてその言語教育にまで関与するつもりで行なわなければならないのです。あるいは東南アジアの国ぐにに多いようですが、マイノリティーだからといって簡単には調査できないのです。少数民族に対する国語の普及に力を注いでいる国では、少数派の言語が調査されることによって、将来、民族問題に発展しかねないと警戒する気運が強いからです。このような国内問題のほか、外国人による調査に神経質な国もあります。危機に瀕している言語についての調査は、国あるいは地域によって状況は違いますが、いずれにしても、言語だけを調査すればよいのだという、従来の言語学者の理屈では済まない状況が発生してきています。

　ソシュールは言語には二つの働きがあると言っています。一つは「交流」（intercourse）のため。ソシュールはフランス語で『一般言語学講義』を書きましたが、ここでは英語の借用語を用いています。小林英夫氏の日本語訳でもインターコースとなっています。フランス語ではこれに当たる言葉が無いからでしょうか。もう一つは、フランス語でesprit de clocherで、直訳すると「鐘突き堂精神」。これでは何のことか分かりません。小林訳では「縄張り根性」となっています。私はこれもなにか落ち着かない訳だなと思います。この英訳はprovincialism、地域主義とでもいうのでしょうか。要するに、言語には意志の交流のほか、個人個人のアイデンティティのための機能があるとソシュールは言っていることになります。なお、このintercourseという英語は若い女性が外国で使われるとき十分ご注意ください。小林氏の「縄張り根性」に当たる機能ですが、最近、G・W・グレイスという言語学者は、「紋章」（emblem）いう概念で説明しています。つまり、言語というのは、これを着ける（話す）ことによって個人個人が自己の属している共同体を誇示するための勲章のような働きをするものだというのです。この機能を活用することによりニュージーランドのマオリ語の復権が成功したわけですし、消滅寸前だったハワイ語もこの紋章機能を活用することにより、具体的には一九七八年、アメリカ合衆国では唯一、土着語のハワイ語が公用語（official language）と認定され、今後も大いに蘇生してゆくものと期待されます。ただし、これもあくまで国内問題なので、そんなことをされたら困るという国は東南アジアにたくさんあるわけですから、言語の紋章性だけをいくら標榜しても、具体策が伴わないかぎり、安心しているわけにはいかないことになります。

私が一番長く調査地にいたのは、ミクロネシアのングルウ（Nguluw）環礁です。ヤップ島の南西一〇〇キロに位置しています。ここの土着語は、現在、非常な危機に直面しています。私がいたのは一九八〇年で、高山純氏（現在、帝塚山大学名誉教授）と印東道子さん（現在、民博・人類文明誌研究部教授）が考古学の調査をされたあと、入れ替わり私が入島したのですが、まもなくこの島と他の島との間でいざこざが起こり一ヶ月に一度巡回してくる船が来なくなり、私はングルウに幸か不幸か数ヶ月間滞在するはめになりました。この島の人口はその当時二十八人でした。食べ物はイモと魚だけ、それに粉コーヒーも乾電池も底をつき、猛烈に蚊の多いカヌー小屋での生活では厳しいものした。ングルウは本島であるヤップ島南のグロル村と、交易関係（*soway*, traditional trading）を持っており、ほとんどがヤップ島に移住していますが、そこではングルウの人たちはほとんどヤップ語にシフトしてしまっています。私の英文の報告The characteristics of Nguluwan from the viewpoint of language contact（In M. Aoyagi（ed.）*Islanders and their outside world.* 1982）ではングルウ語をquite peculiar dialectと表現しています。ヤップ語の中の非常に変わった方言だという意味です。つまり、音韻的、シンタックス的にヤップ島の東方のウリシー環礁の言語の深い影響を被っているのです。普段、女性はヤップ風、男性はウリシー風の装束をしているのもその理由からです。ＳＩＬから出ている*Ethnologue*はＢ・Ｆ・グライムズさんが総編集しているのですが（現在の編集者はG.F. Simons and D.F.Charles）、先日、担当者から問い合わせがあり、話者数のことは分かったが、ングルウ語は一体、ヤップ語なのか、ウリシー語なのか、という質問でした。私は、あえて言うならこれは混合語と呼んでいいのではないかと返事しました。ＳＩＬでも昔風の言語の系統分類に従おうとするのか、混合語という基準は使いたがらないようです。例えば、トクピシンの系統は *Ethnologue* では English Based Creole となっています。私はこれは正確でないと思います。オセアニア諸語から見れば、当然、Oceanic-based です。トクピシンは英語とオセアニアの諸言語の両方から文法が部分的に提供されてできあがった混合語だからです。しかし、言語混合という概念は、最近、世界各地から事例が増えるにつれ、大分変わってきたと思います。言語が混合することがもっと原点に戻って見直される時期もそう遠くないと思われます。この最後の論文は、私の日本語系統への考えを総括したものですが、この中で私は、日本語の系統におけるオーストロネジアンの位置を実証的に論じています。この論文は、私の民博在任中の最後の研究報告となりました。十九年間で『研究報告』、『研究報告別冊』、『ＳＥＳ』に計十五本の論文を書かかせていただいたことになります。梅棹忠夫先生は、館員は年に一本はかならず研究報告に論文を書くようにとおっしゃっていました。私はいつも身に浸みるほどこれを意識していたのですが、結果として年〇・八本ということになってしまいました。大学の評点では八十点以上は優ということにもかんがみ、不本意ながらご勘弁くださることを願っております。

民博も、行政改革の対象となり、今年度からいよいよ具体的な方策に向けての荒波に乗り出すことになりました。大変な時期に私は退官を迎え、後ろ髪を引かれるような思いで研究生活を満喫させていただいた民博を去ることになります。石毛館長をはじめ館員すべてのかたがたのご健康とご多幸、そして民博の新たなご発展をお祈りしつつ、つたない退官の講演を終わらせていただきます。ご清聴ありがとうございました。

『民博通信』九四：五－二二、二〇〇一、国立民族学博物館

# 十四　退官メッセージ―彦根、来しかた行くすえ

滋賀県立大学に再就職を認められ、その前に在職していた文化人類学（民族学）の大学共同利用機関では慣れないルーティーンにもようやく慣れてきたと思ったら、もう五年たってしまった。しかし、良き同僚、職員、学生、環境に恵まれ、充実した毎日であった。さらにその前に勤務した某大学では、哲学、美学、比較文学、西洋古典学の、どちらかと言えばデスク派の人たちと比較文化講座に加わっていたが、県大では、心理学、教育学、社会学のフィールド派の方々と人間関係専攻のチームを構成した。それぞれ、方法論やディシプリンは異なるものの、インターディシプリナリーという点では共通している。このような総合講座で学べる学生は、それを賢く利用する限りにおいて大変恵まれていると思われるが（事実、本専攻でも学生の豊かな個性は、毎年、卒業論文の多様なテーマに現れている）、言語学の私自身も教職のかたわら、発想、分析、人となりまで同僚から多くのことを学ばせていただいた。大学人として生涯を通じ豊かな耳学問体験をさせていただいたことは、冥利に尽きる。

言語学は、言語の記号としての特殊な性質上、バーバルの研究を内に収斂させれば止めどもなく自己中心的（脱社会文化的）になってゆく傾向があるが、それはそれで自立的理論ではある。アメリカの言語学者N・チョムスキーの、ほとんど英語に基づいて構築されたきわめて演繹的な生成文法もその一例だが、いまその彼が、アメリカ文化のグローバリズムを批判しているのは、

思想と主義とが明らかに首尾一貫していない。私はそのような理論面のみに拘泥する研究法にあえて深入りしてこなかった。社会文化の仕組みにおける言語の機能を研究するという立場である。当然、社会文化の変化が言語にも影響を与え、コミュニケーション体系を含む伝統的な言語の構造を変える。現代の身近かな例では、地域的英語（New Englishes）もそうだし、海外の日本語、在日外国人の日本語を対象とした動態論的な研究も注目される。

バーバルを基礎とする言語使用は、ノン・バーバルとの関係において通常の予想を裏切る場合も見出される。フィールドから事例を紹介しよう。

ミクロネシア連邦のヤップ州（ヤップ島）南部のグロール村では、南西一〇〇キロに位置するングルウ島との間で伝統的な互助関係が行われている。私は、その定期的な交易の場における双方の憎しみに満ちた険悪なコミュニケーションを見て圧倒された。このような伝統的交易の歴史はかなり古く、その目的は当事者同士を親密なものにし、紐帯を強化するためという説明がなされる。メラネシアにもングルウ島に似た事例がある。パプアニューギニアの「クラ」という有名な交易では、交易する島と島の間には非常に緊密な連帯関係が存在するにもかかわらず、交易の場では人びとはほほえみ笑いあうどころか、どなりあい罵りあうと報告される（B・K・マリノフスキー）。緊張が高まると、たとえ友好関係にあっても敵意すれすれの関係を含むようになり、交易そのものを目的とするだけでなく、人々は様式化された話し方をすることを楽しむかのようである。文化人類学の山口昌男氏はこれを「演劇的コミュニケーション」と呼んだ。久しぶりの出会いの場では、たがいに喜悦しながらコミュニケーションを行うと常識的には考えられる。しかし、それに反するこのような言語行動は、心理学でいう二重拘束性（メッセージが矛盾したコンテクストを含む）を超えたところでも、文化的な価値が成立する余地のあることを示している。

一方、情報交換は付随的なもので、おしゃべりを楽しむためだけのコミュニケーションは多くの民族で行われている。洗い場を囲んでの女性の井戸端会議は元来そのようなおしゃべりの機会であったろうし、おしゃべり好きのイタリア人の広場での会話も単なる暇つぶしにすぎないそうだ。このようなメタ・コミュニケーション（情動的コミュニケーション）についても、人類文化に普遍的とみなすのは誤りで、「沈黙は金」と言われるような寡黙が公的な場においては文化的に有意義とみなされる事例は、日本人だけでなく他にも多くの民族で報告されている。その極端の例として、社会的接触を避けるために行われる沈黙交易があり、高知県尾立などの「だんまり」と呼ばれる無人の商いにもその例が見られる。

県大では「コミュニケーション論」「比較社会文化論」（学部）、「言語人類学」（大学院）などを講じたほか、「環琵琶湖文化論」では方言をはじめとする近江のさまざまな民俗文化を広範囲に実習した。とくに、生活に根ざした民俗知識には近江の歴史的重みと深みを実感させられた。古代から日本列島の中心に位置し、そこで営まれた人々の自然との長い関わりを思えば当然のことであろう。国立国語研究所『日本言語地図』（一九六六〜七四）を繙けば、東西南北からの人々の行き来の十字路に位置した近江の方言の分布（雌牛、子牛、梟、茸、肩車、一区画の田など）にもその反映が認められる。しかし、近代化される社会のなかで伝統的な知識が急速に廃れていっているのも時代の流れである。近江の方言には、とくに近現代以降、著しい近畿化が起こっている。在職中に私が関係した、科学研究費による危機に瀕した言語・方言の緊急調査では、琉球語諸方言をはじめ日本国内のいくつかの方言も研究対象としたが、残念ながら滋賀まで及ぶことはできなかった。

いよいよ今年から始まる法人化のなかで県大はどう変わってゆくのか、私には先は分からない。歴史とともに社会文化は変わる。しかし、開学して十年しかたたない県大にとっては、せわしない話が降ってきたものである。新芽からようやく若木が育とうとしていた矢先に。

国立大学法人化のあと、滋賀県は率先して大学の法人化に手を挙げた。在職した期間の半分近くは、法人化の議論にいやおうなく巻き込まれた。制度の改革に対し現在や過去に固執した発言もあるし、将来に向けて理想的な意見が出たこともある。行政側と大学人とはしばしば意見が合わないのは世の常である。しかし、いろいろな考えをもった人々の集合体である大学でこそ、時間は静かに流れなければならない。

ただし、これを将来に向けての改革の良い機会ととらえ、既存の学部、専攻の枠を超えた大がかりな組み替え、研究所（研究博物館）や出版部の設置、また県立の博物館（文化施設）、美術館、図書館などをも有機的に組み直し（reshuffle）た、県民にも研究者にも開かれた新しいシステム大学院大学を少し時間をかけ模索してみてはどうだろうか。現状では、これら機関がすべて縦割りで組織されているのは、勿体ないことだと思う。小回りのきく県立の組織だからこそ、このようなアイデアの実現も不可能ではないだろう。機関相互の理解と合理化がうまく進めば、経費の削減にもつながるはずである。

最後に、同僚、職員のご自愛とご健勝、県大の更なる発展と躍進を心から祈念します。

『人間文化』一九：六六―六七、二〇〇六、滋賀県立大学人間文化学部

# 追悼文・伝記

## 十五　村上次男先生の思い出

村上先生は、京都大学文学部地理学研究室副手から甲南学園に人文地理担当の教諭として赴任されていた。その授業はユニークでしばしば脱線し、エロスというあだ名もご自身は誇りにしておられた。当時のお住まいは京都の北白川田中で神戸市岡本の学園まで通勤しておられたが、京都からは国鉄も阪急電車もいまほど速くなく、しばしば「済まん済まん」といって遅刻され、授業時間が十五分だけということもあった。その後、甲南大学に移られ、自ら東西文明研究会を主催されていた時期もあり、私も二度、講師に呼んでくださった。本書の十一はその二度目の講演要旨である。村上先生は愛媛・宇和島のご出身であるが、中世に瀬戸内海で名を馳せた村上水軍の末裔であったのかどうかは、何も仰らなかった。しかし、ご自宅の応接間に、海賊のシンボルマークである各種の刀剣（cutlass）のミニアチュールの入った額が飾られていたのは、もしやと想像するのである。知らぬ間に冥界へ旅立たれたのもいかにも先生らしい。合掌。

村上先生からは、私が甲南中学校から高等学校へ進学した昭和三十年（一九五五年）のクラス担任をされた時以来、親しくご指導を頂いている。初めてお目にかかった時、例の鷹のような精悍な顔付きからさすがに高等学校の先生だと感心し、その目でじっと見据えられるとこれは怖い先生だと畏怖の念を起こしたものだ。しかし、だんだんと大変物分かりのよいそして非常に多趣味な先生であることが分かってきたのである。物分かりがよいというと、先生は怒った顔を見せられたことがないのではないか。真に誤ったことに対しては怒るのでなく、諭されるのだった。このためにとくにコンパの時など先生に甘えて相当悪さをした仲間もいるはずだ。要するに、怒られないということは、その性格もさることながら、極力、生徒一人一人の責任における主体的行動を尊重しようと努めておられたのであろう。その授業方法も全く独特だった。教科書を一頁一頁読むというのでなく、また、ノートを取らせるというのでもなく、話をしながら要点を次々と黒板に書いてゆかれるのである。何も見ないで話されるのであるから、自然、内容も紋切型でなくまた生徒にもよく分かるのだ。私自身、現在、そのような授業方法に少しでも肖ろうとするのだけれども、やはりなかなかうまくゆかない。しかし先生は、「地理学者見て来たような嘘を言い」などととぼけられるので、益々、少年の心には先生が超人技の持ち主に見えてくるのだった。それにもまして変わっていたのは学期末の試験の仕方で持ち込みは何でも自由だった。大学ではよくあることだけれども、高等学校では全く型破りなのではないだろうか。丸暗記の勉強をしても意味がないと思っておられたのだろう。しかし一方で「高校は学問するところではないからな」といわれたことが今だに耳に残る。確かに高校生の輩が独創的・主体的に学問することは不可能に近いし、またそのようなことを期待されてもいない。高等学校の使命はもっと別のところにある。つまり、その重要な任務の一つとして、将来更に学問を志向するものに対しても基礎的な学力を涵養するということである。一介の高校生が学問的に主体性を発揮できるなどと早まった思い上がりはいけない。主体的行動と主体的学問とはおのずから別問題である。この間の違いを先生は先生なりに良く区別しておられたのだ。

先生の多趣味については多く語ることを必要としない。とくにギターの演奏では玄人並の腕を持ち、そのほか色々の楽器を良くされた。また絶対音感を持っておられたので採譜も楽々とされた。高校の部活にはハワイアンバンドがありその顧問もしておられた（スティールギターを弾いていたのは、後に国会議員となった石井一氏である）。私は、音楽の面で先生に大いに感化されて、一時、音楽の道へ進もうかと思い惑ったこともあるほどだ。私の才能では音楽家として立てる見込みもないので、今から思えば、君には無理だと諭して下さってもよかったのだが、結局、私一人で悩んで将来の道を決めることになった。そのように敢えておっしゃらなかったのは先生のやさしさであり、甘さであったのかとも思うのだが、私自身が悩むことによって私自身は一歩大いに成長した。そしてそのことを有難いことだと私は、今、先生に感謝している。

『村上先生と私』三一－三二、一九七七、村上次男退職記念会

# 十六　私と外語大と田島宏先生

東京外国語大学のフランス語科で言語学的な授業と素養で感化されたのは田島教授からであるが、江戸っ子の軽妙洒脱なご性格と話しぶりは、私のようなもっさりした関西人にはいつも眩しい存在だった。しかし、教授も東京外事専門学校フランス語部を経て京都大学文学部言語学専攻を卒業されていることは、本稿で記したとおりである。

文中の「わが青春のマリアンヌ」は、最近、六十余年ぶりにDVDで観賞した。物語の前半部の、アルゼンチンから放浪してきた新しい人寮者を歓迎する夜食のあとのコンサートで、寮生たちがモーツァルトの「ピアノと管楽器の五重奏曲」K・452を演奏し、その後、主人公のヴァンサンがスペイン語で哀調を帯びたアルゼンチン民謡をギターで弾き語りすると、森の鹿たちが月光の中、聞き耳を立てて窓の下に集まってくる、というところまではよく覚えていた。しかし、物語の後半はすっかり忘れてしまっていた。昔ほど感激することもなかったが、青春時代の感性など脆いもの、ということだろうか。

東京外大への入学は、私の頃も大変難しかった。とくにフランス語科（当時、公式には二部一類と呼ばれていた）の倍率は、英語科と肩を並べて一位か二位で二十倍以上、一次試験で足切りのあと、さらに二次試験では、入試センターでは平成十八年から導入しようとしている聞き取り試験がすでに行われていた。私がフランス語科を志望した動機はかなり不純である。高校一年か二年のとき、東京の有楽座で見たフランス映画 Marianne de ma jeunesse（邦題は「わが青春のマリアンヌ」、監督は Julien Duvivier）という、スイスのハイリゲンシュタット城を舞台に寄宿生の繰り広げる美しい幻想的物語にすっかり魅了され、シナリオを買って台詞のフランス語を暗記するまで勉強した。一方、日仏学院にも通い、入試はフランス語で挑戦した。日仏学院でフランス語の会話にも慣れていたから、二次試験の聞き取りは訳もないことだった。外大ではフランス語学をさらに勉強するつもりでいた。

しかし、外大に入学したあと、言語学なる学問の存在を知った。きっかけは言語学のT教授によってである。田島先生も、後になって知ったのだが、一九四九年京都大学文学部の言語学専攻を卒業しておられた。外大で親しくしていたアジア語関係の言語学仲間の同級生で、もう定年退官した某氏による、東京外大は全般的に語学屋と呼ばれる外大たたき上げの教師の支配する奇妙な雰囲気の学校、という自虐的コメントは、すくなくとも田島先生にはあてはまらない。雑多で仔細な個別的事実にこだわるより理論的体系的枠組みを重視された、先生のフランス語学の精緻な授業はいまも印象に残る。

当時から外大ではすでに、他の外大を先取りしたような、三年次から語学専攻と国際専攻とに別れる方式をとっていて、私は卒論ゼミでは語学専攻のT教授に所属し、まだ復帰前の沖縄で行ったフィールドワークに基づく琉球語を卒論のテーマに選んだ。このような自由な勉強が行えるような制度が作られていたことも、東京外大は他の外大に先んじていたと思われる。必要単位をとったほかは、卒業を最後まで先生に看取っていただくことはできなかったが、大学院の入試期を控えて先生に京大大学院言語学専攻を受験したいむねご報告したとき、先生の恩師でもある京大のI教授に、よろしくお願いしてあげましょう、とさりげなく言ってくださった。ありがたく嬉しかった。その後、大学院ではインドネシアへの二年間の留学を含め、現在、私は、フィールドワークを中心としたオーストロネシア（マライ・ポリネシア）語族の研究と言語人類学を専門にしている。この語族は、ポリネシア、ヴァヌアツ、ニューカレドニア、インドシナ半島、マダガスカルなど旧フランス語圏を含む国ぐににも分布し、私にはこれら地域との付き合いも依然として続いている。いずれの地域でもフランスパンの baguette がおいしいという身近なことから、リテラシー教育が行き届いていることが、町の小さな雑貨屋でもフランス文学の書物が置かれていることから分かる。フランス語圏では英語圏に比べてピジン化が起こりにくいという現象は、このリテラシーと無関係でないかもしれない。

『LE TEMPS PASSE　西ヶ原・仏蘭西語事はじめ田島宏先生追悼文集』
八〇–八一、二〇〇六、東京外語仏友会

## 十七　寺村秀夫教授と三上章氏

寺村教授は日本語学界で深い影響力と指導力をもった教育者であり研究者である。教授とは大阪外国語大学で十年以上ご一緒だったが、私と教授とは所属が異なり、直接お話しする機会はあまりなかった。しかし、時を同じくして両人が大阪外大から転任した。寺村教授は、その後、筑波大学から大阪大学文学部日本学科に移られ、私も日本語学関連の仕事で教授とお会いする機会が多くなった。晩年、異常な汗かき症で苦しんでおられたお体が痛々しかった。ご冥福をお祈りします。

大阪外大では、私はインドネシア語科を兼担しながら言語学講座に所属し、寺村教授は留学生別科の専任でいられたから、直接、カリキュラムのことでご相談することもなかった。じつは言語学関係の授業を一つはもっていただきたいとお願いはしていたのであるが、留別での忙しさはとてもそれどころではないと、いつも断られていたのである。その後、一九七八年、既存の講座を改組して大学院に日本語学専攻が新設され、三講座のうちの一講座が、寺村教授と私（助教授）とで当たることになった。しかし程なく、寺村教授は筑波大学、私は広島大学へ転任することになってしまった。

寺村教授が三上章氏に傾倒しておられたことは、教授の口からもしばしば耳にした。三上氏宅で一夜を徹し、語り明かしたことが何度もあるともいっておられた。また生成文法にも理解を示

十七　寺村秀夫教授と三上章氏

しておられ、どこの席であったか、泉井久之助先生に話題が及んだとき、「なんであんなにチョムスキーが嫌いや」と言われた。私はとっさに返答に窮しその場では黙っていた（その答えは十九泉井久之助のなかの「対フンボルト・チョムスキー」「創造性」を参照）。大阪外大には、言語文化学会という学内の教官を中心に学外からも関心のある人が自由に参加し、研究発表を行う会があって、そのある日の席上で、寺村教授から三上氏に紹介されたことが、いまも忘れられない思い出である。私自身は、学生時代に三上氏の処女作『現代語法序説』（刀江書院、一九五三）をすでに読み、いままでの文法書とはまったく違う発想と記述の仕方に、非常に新鮮な印象を受けていたのである。そして早々と、三上氏を引用してその考え方の独創性に着目したのは、フランス語学者の故川本茂雄氏の、主題と主語についての日仏対照研究であったと思う。この論文は、その後廃刊になった学会誌『フランス語研究』の一九五八年から六〇年にかけ四回に分けて連載された。

小柄で痩せた三上氏は、眼鏡の底で優しく光る目で私を見つめながら、南方の言語についていろいろ教えてほしいといわれた。しかし私には、この出会いが最初で最後となってしまった。寺村教授は、私にも是非一緒に八尾の三上宅を訪問しようと熱心に誘ってくださったのだが、なぜかそのままになり、三上氏も亡くなられてしまった。私としては、夜を撤して、に恐れをなしたのかもしれない。しかし、もし教授に従っていたら、私の学問もまた違った味わいをもつようになっていたかもしれないと思うのである。

『寺村秀夫先生追悼文集　流星』一九八、一九九一、追悼文集編集委員会

# 十八　和田祐一民博名誉教授を偲ぶ

和田教授は、国立民族学博物館で言語展示とヨーロッパ展示のリーダーであったが、私は教授の信頼を得て民博に着任し、教授のご退職後、言語展示の更新でいろいろとアイデアを出させていただいた。また至文堂で刊行された、現代の人類学シリーズのなかの『言語人類学』の共編者（至文堂、一九八四）として本邦初となった言語人類学の編集で知恵を出し合ったのも、懐かしい思い出である。

和田教授は、一九七四年、民博創設と同時に着任され、言語展示の企画と設計の責任者として大きな仕事をされた。文字なら分かりやすいが、言葉をいかに「展示」するか、先生の考案された言語装置はこれまでずっと来館者の注目を集めてきた。事実、世界の「民族博物館」で言語地図や文字ならともかく、民博のような言語展示があるのを私は知らない。

開館当初の語順装置は、最近まで駅や空港で行き先や時刻の案内に使われていた表示板式であった。十九あるどれか一つの言語のボタンを押すと「少年は父に手紙を出した」という文の四要素の書かれた板がパタパタとめくれて所定の位置で止まる。ただし、この装置は十数年後に改修され四要素の書かれた箱がコトコトと導線を並行移動するものになり、言語数も三一と増えた。

現在は撤去された発音装置には唇、舌、喉《のど》ひこを動かすための巧妙な仕掛けが工夫されていた。これら装置は、大変機械好きであった教授のアイデアから生まれたのである。

十八　和田祐一民博名誉教授を偲ぶ

しかし、このようなメカニカルな装置は頻繁なアクセスで故障が多かったことも事実である。一九九〇年、教授のご退官後、第七展示棟増設の折に言語チームも言語展示を見直し、語順装置をコンピュータ制御による大型の電光パネルに変えた。文例も「おばあさんは子供に昔話を語った」に改め、言語数は一挙に九十六に増やした。

一九九六年、新展示棟の竣工式に出席された教授が新装置をご覧になったとき、私は文例を変えたことを気にしていたのだが、最初に口にされたのは、「語順が現れるのがパッパッと速すぎ自分で考えている間がない」であった。確かに、パタパタ、コトコト式より瞬間的に語順が表示される。私は返す言葉がなかった。教授は、博物館はモノを見て考えるところ、という立場に徹してておられたのである。

和田教授のご出身は言語学ではなくフランス文学であったが、京都人類学研究会（通称、近衛ロンド）で人類学的分析に基づく言語研究の方法を究められたご経験が大きい。教授はいつも物静かで若造の話にも批判めいたことは言われなかったが、独特の苦笑いは「それは困るな」というリスポンスであった。

ただ一度、民博の特別研究「日本民族文化の源流の比較研究」シンポジウムで、一九八六年、私が受け持った「日本語の形成」に教授のご参加もお願いしたところ、そのようなことは自分が去ってからにしてもらいたい、というにべもないお返事であった。日本語系統論者にしばしば見られるデスマッチに関わることを警戒されたのだと思う。私は国内外からの参加者や発表内容を説明し、ようやく納得され座長も承諾してくださった。このシンポジウムは成功裡に終了し、報告書（崎山理編『日本語の形成』三省堂、一九九〇）も刊行されている。

ご自身による蝶の採集とコレクションは、趣味というよりプロ級であったようだ。時どき、どこそこでオークションがある、と言っておられた。クセジュ文庫では『蝶』（白水社、一九六〇）を翻訳しておられる。

教授は本年三月、享年八十二歳で鬼籍に入られたが、梅棹忠夫顧問（当時）に知らされたのは五月になってからで、われわれが訃報に接したのはさらにその後である。まことに静かな逝かれかたであった。今は荘周のように胡蝶となり、栩栩然《くくぜん》（楽しく）と天を飛んでおられることであろう。

ご冥福を心からお祈りします。

『月刊みんぱく』三三（一二）：一四、二〇〇九、千里文化財団

# 十九　新日本語学者列伝　泉井久之助

泉井先生の言語観について、本文に少しく補足する。先生は、表現以前の表現内容のかたまりを「表現前塊」と名づけ、それは星雲のように混沌のうちにうずをまいて動いている、と言われる。混沌とは荘子に「中央之帝」の名として出てくる言葉である。荘子の「分也者有不分也」（分類するということは、分類されていないものがあるということ）と言い、また「名者實之賓也」（すがたを取った言葉も、それは実態に対する一次的な仮りのもの）という思想は、先生の説かれる、有形化された、すなわち分節化された言語としての「表現後塊」に対する未《び》形《けい》の「表現前塊」の存在を前提とする観点において、同じ概念と認められる。ただし、このような二分律の解釈は、ギリシア以降のヨーロッパ哲学史のなかに見ることも可能である。アリストテレスは、もの（事物）には、形（形相）として実現した状態「現実態（エネルゲイア）」と、その形相を潜在的に秘めた状態「可能態（デュナミス）」とを区別した。この考えは、本文でも言及した、ソシュールの形相と実体という概念にも反映している。ただし、アリストテレスは、可能態のすべてが現実態になるのかならないのか、明確に述べていないようだ。この点は、泉井、荘子の思想である、可能態には現実態にならず、可能態のまま残った状態がある、すなわち「名実相伴わない」状態を認める点での違いということができよう。そしてこのような可能態は、無意識であることも多く、まさに可能性を帯びた状態であって、そのすべてを定義し尽くすことは不可能な状態である。現実的に見れば、ある華道展のポスターに「花はねがいをもっている」とあるが、自然の花は華道において（ねがいが形相として実現して）価値を発揮するという解釈ができるほか、一方で、可能性を帯びたままの、自然の花そのものが愛でるべき対象である、という理解も成り立つ、と言うこともできよう。

なお、先生が「形態」と訳されたサピアの form が文法的要素または接辞を含むとした私の記述に、サピアの文法的要素または接辞は elements であり form と区別されていると宮岡伯人教授からご指摘があった。ご斧正を感謝したい。

泉井先生は、私の場合、一九六二年から六七年まで京都大大学院言語学専攻の指導教授であった。しかし、先生の広大無辺な学問を述べ尽くす技は私にはない。以下では総花的ではなく、私の関心事を中心にその及ぶ範囲で日本語学への先生の寄与を概観しようと思う。

先生は一九〇五年七月、大阪のお生れであるが、ご先祖は土佐の藩士と人から伺った。三高から大学の言語学科に進学されるとき、京大か某大学か迷われたそうで、某大学へ言語学科の主任教授の授業を聴講に行かれた結果、内容に失望して京大に決めたと言っておられた。これは、哲学的思考に深く裏打ちされた先生の学風からみても十分にうなずけることである。一九二七年、卒業論文は「印歐語におけるインフィニティヴの發達」であるが、この論文はその後も幾度か論集に再録され（〈言論〉以下文献名は略号参照）愛重のほどが窺える。先生の原点は印欧諸語であり、途中、フィールドワークを含む多種多様な言語遍歴をされながらも印欧語への愛着と関心は終生変わることはなかった。先生の書かれた論文には言語学者のみならず古今東西の思想家、人文学者への深い読みと言及が多い。詳しく数えたわけではないが、退官記念論文集『言語の世界』〈言世〉でも数十人は下らないだろう。その渉猟ぶりはとても凡人が真似できるものではない。一九四六年の学位論文は「東洋文庫本華夷譯語、百夷館雑字並に來文の解讀―その釋字・釋語・釋文と言語比較的研究」〈比言〉に再録〉であるが、文字言語の研究だけに与しないという点では、文字、文献を通じて研究を行うことのみを旨とする狭い意味での因襲的な文学科の学者ではなかった。一九六九年、先生の退官講演後の記念パーティーで来賓の東大某教授は「偉大なフィロローグ（文献学者）」と評したが、それは先生の学問の一面しか伝えていない。先生は当時としては先導的なフィールド言語学者でもあった。

## 言語研究理論・方法

先生の言語観および言語研究態度が如実に述べられているのは、初版は一九三九年の書き下ろし『言語の構造』、改版はタイトルを改め『言語構造論』（一九四七）、そして従来の内容を第一部とし第二部補論として三論文を新たに加えた一九六七年改稿新版『言語の構造』〈言構〉である。この書物には「構造」という名称が用いられてはいるが、字義通りに構造言語学的な狭義の構造と解してはならず、先生独自の言語理論を知るうえでの基礎的資料である。また助教授時代の一九四三年、『言語學序説』〈言序〉が新村出の名で刊行されているが、先生はこれが処女出版であるという記事〈私言〉を書いておられる。それかあらぬか、新村出全集（一九七一～七三）には『言語學序説』は収録されていない。先生のお考えが分かる資料でもあるので必要に応じあえて引用する。

先生は、「言語構造の把握とその機能の理解とのためには、必ずこの態度あの理論によらなければならないとする「絶対的」な態度をとらない」〈言構〉とされた。完全な理論はなく、理論は理論によって覆される。したがって、ある理論のなかに埋没するような研究を厳に戒められた。だれの説や方法を用いて（頼って）分析するかよりも、どれだけその言語を習得しているかを重視された。「言語研究の方法と手法は、それぞれの研究者みずからが実証的に余蘊なく研究した言語または諸言語を軸としてそれに対する最適のものをみずから考案し樹立すればよい」〈言フ〉と言われる。「これは、意外にフンボルト的な態度であったと言えるかも分からない」〈言構〉とも述べておられる。一例として、「格」言語を十分に熟知されている先生は、格の性質とその組織範囲とを限定する困難さを指摘しておられ〈言構〉、生成文法で「格」に基づいて日本語を分析したある論文に対し「この論述だけでは格的言語に慣れて格の実感を持つ人々を首肯させることは到底できない」〈服華〉という厳しいコメントをされている。

## 対ソシュール・サピア

ソシュールは『一般言語学講義』（一九一六）において十九世紀の歴史的研究重視の傾向から、ある一時期における言語集団によって意識されるラングを対象とした共時論的研究へ言語学の道を拓いた。先生はご卒業直後の一九二八年、その訳書に基づき講評をしておられる〈小ソ〉。ソシュールは個人活動としての言語「パロル」と社会活動としての言語「ラング」に分けるが、個人の抱く意志感情的方面は無味に化した社会言語の表現をもってしては不十分であること、ソシュールは通時言語学を共時言語学から独立させるが、古代から受け継いだ言語現象も現代において創造された現象もそれが一つの時代の用語である限り同一の取り扱いを受け、またそれが文法であること（後述する重層語）、通時言語学から地理言語学を独立させる理由が分からない、などの点を指摘し、「ソシュールの学説は非常に明哲であり、あたかも『影のない世界』に似ている」と指摘されるとともに「ソシュール的分析は言語の本質にせまるにはあまりに単純な見方であり消極的な態度にすぎる」〈言世〉と評されている。

先生には、言語の構造とその機能はあらかじめ単に理論的に設定されたいかなる合理的な体系の枠にはまりきらない〈言世〉という前提がある。しかし、言語の構造を理解するためには、絶対的なものは何もない言語自体において、あえて非ソシュール的にそこでは「すべてが互いに張りあっている」〈言構〉と言えるとされる。ここで言及されている構造は、サピアのパタン「型式」に相当する概念〈サ言〉で、このパタンには安定がある、つまり安定がなくてはこの型式は言語を機能させることができないからである（「サピアについて」〈言世〉。ただし、この型式も実は常にパタニング「型式づけ」であって固定でなく流動である、と言われる点でも構造という概念と共通する。このパタンの概念は、フンボルトが「言語の本質は形式（Form）にある（その地盤として素材がいる）」〈言フ〉というFormとほぼ同じ概念内容と考えられる。ソシュールも「言語は形相（forme）であって実体ではない」と言う。なお、このように相似の概念を表す原語と訳語には注意する必要がある。

ところで、先生はサピアのformを「形態」と訳しておられる。この形態は文法的要素または接辞と称してもよいし、また形態の種類が外顕的か否かで「内的形態」「外的形態」という区別が行われる〈サ言〉。注意したいのは、フンボルトの「内的言語形式（-form）」「外的言語形式」とは根本的に異なる概念であることである。

## 対フンボルト・チョムスキー

フンボルトの「外的言語形式」は表現の外的な音的組成体」〈言フ〉を言うのに対し、「内的言語形式」は言語的表現形式を生み、またそれに潜むところの、その時々の精神的風土一般を含む〈言フ〉。ただし、フンボルトは「内的」に対し定義を改めて与えなかったばかりか、その実例を具体的に与えることもなかったのは、そうすることによってこの用語の意味する範囲が限局され、そのゆたかな含みと適用の射程範囲が減殺されるのをおそれた〈言フ〉からである。

このフンボルト的概念を先生の言葉で説明されたのが「表現前塊」と「表現後塊」である。前塊とは表現以前の表現内容のかたまりで、そこには表現への起動を迫る精神の「勢」（drive, Drang）が必ずつきまとっている〈言世〉。この前塊は無定形もしくは未形《びけい》の心的な団塊とも言える〈言研〉。そして再び勢いをもつ無定形な動態における後塊となったとき、われわれは対者の真意を真に理解したと感じるが、前塊の勢いと同じ勢いを持つものとは限らない。ただし、前塊の言語が表現に向かう「紡績孔」（それぞれの言語の差はこの紡績孔の構造と作用の差である）と後塊への復帰を果たす「溶解孔」の構造と作用がまだわれわれに的確に分かっていない。したがって、「言語的理解における真意の把握の困難は、このようなところにも胚胎している」〈言世〉と。言語の形態の厳密な分析と広汎な考究の下に、本来明確には把握しえないこの勢を捉えようとした人として先生はサピアを挙げ、第七章「駆流」を重要な一章と位置づけられる〈言世〉。

一九五七年、手にしたばかりのチョムスキーの *Syntactic structures*（1957）を帰宅中の市電のなかでめくるうちに「やったな」と思われたそうである。しかし、それはやがて思い違いであり、とくに「一つの言語」の理解の仕方がチョムスキーとフンボルトでは大きく異なることが分かる。フンボルトは、人間言語の差はそれぞれの精神的・文化的・風土的環境からの性格の差と具体化された構造様式の差にすぎないので、ここに「一つの言語」が潜むと考えた〈言フ〉。この「一つの言語」は「言語的可能性の宇宙」と言ってもよく〈言構〉、個々の具体的言語をゲーテのいわゆる「姿」とすれば、プラトーンのいう「イデア」であり、「直観的に視ることができる実体」であり、単なる形而上学的な観念ではない。ただし、先生は「一つの言語」はあらゆる具體性、個別性とは對蹠的なもので、結局、形而上的な観念にすぎないのであろう〈言論〉〈言構〉とも述べておられる。先生は、チョムスキーが「深層構造」について論理的な根拠を与えていなかったため、怱卒の間、深層構造を表層構造に対応する理念の世界における構造、すなわちフンボルトのいう「一つの言語」と受け取られたのであった。しかし、事実は「表層構造から深層構造へ説明的にパラフレーズの構造を持ち入れていたのである。したがって深層構造は結果前提的なものになる」〈言フ〉。その後、チョムスキーは「一つの言語」的なものは基底部門にその座を持つと主張する。しかし、その論理的な成立の根拠は依然として与えられていない、と先生は批判される。そしてほとんど英語の事例のみによって立てられたチョムスキー理論を、ニーチェが嗤った「骨のない一般論」に列する〈言歴〉と酷評される。

## 二重主語文

ところで、個々の具体的言語が用をなすのは、それぞれが言語的宇宙の一部のみを実現し顕点化し、他面に広く潜点の集積を余裕として残している〈言構〉と説明されている。世界の言語の構造的種々性の下における「一つの言語」的統一はもっとも端的には文において現れ、例として「二重主語的表現」を挙げられる〈言世〉。「二重主語的表現は一般に自然な人の心にごく自然的な表現の様式の一つ」〈言構〉と言われるのである。なぜかと言えば、「一つの単文に二つの主語が立つのは、通常の論理からすれば異常なことであるが、この異常があえて頻繁に行われるのは、そこに論理以上の「あるもの」が働き、その「あるもの」の働きを表現することが非常に重要と考え（感じられ）ている」〈言世〉からである。

「泥棒は通行人が捕まえた」式の目的語を「は」を承ける日本語で一般的な構文の他に（英語では‘As to…; 他動詞 + it.’で言える）、先生は二つのタイプの二重主語文、属性的と属能的を区別される（「二重主語の構文と日本語」〈言構〉）。前者の所属関係にはさまざまな相があることも指摘されているが（高橋太郎『国語学』一〇三、一九七五）、確かに世界の言語に広範囲に見出されるタイプであり、また第一、第二の主語が反転可能な場合が多い。それに対し「私は英語が嫌いだ」型は反転が不自然になるだけでなく、目的語を主格で表す能格的表現に比することもできるから属能的と呼ばれる。ただし、先生は「…が嫌い」の「が」は決して能動的恣意的（われわれの意に従う）な名格的の「が」ではない〈言構〉とも説明されている。ミクロネシアのパラオ語、フィリピンのタガログ語などでは、好き、可能、希求、義務（チャモロ語では、好き、言う、ある）を含む表現に限って通常の動詞構文とは異なり、それぞれの名詞に所有接尾辞を付けて名詞句とする。チャモロ語では Ni ya-hu na Engles.「否定・好き－私の・補語指示辞・英語」。日本語でも「好き、できる、ほしい、ある」などへの表現方法は通常「は…が…」構文をとる点と一致するが、特定の語彙群にこのような表現が現れるのは能格とは別の意味論的な原理があるからではなかろうか。この特徴はまた、メイエの言う、比較のための「特異な事実」〈メ史〉に該当すると考えられる。

## 創造性

チョムスキーは「構造言語学は言語使用の創造的な面を扱おうとしなかった」（安井稔訳『文法理論の諸相』研究社、一九六六）と批判し、深層構造がフンボルトの「有限の手段を無限に用いる」内的言語形式と「創造性」をもつ点で同じであると言っている。このようなフンボルト理解に対し、チョムスキーの内的言語形式の解釈は一面的〈言世〉と先生は反論される。チョムスキーの場合、一定の有限数の規則によって無限に文が産み出されるというのは、繰り返し的に類型的に同じ文を再生産することにすぎない。フンボルトは言う、言語の研究は自由の現象を認識し、尊重しなければならない。フンボルトのいう創造性とは詩的言語、あるいは効果（生気）のある表現を産み出すためにどこまで破格や自由な語順が許されるという、独創性の問題とも関わっている。チョムスキーは「規則に従う創造性」と「規則を変える創造性」を区別したが、チョムスキー自らは深く立ち入らなかった後者にこそフンボルトの意図があったのである。チョムスキーは「自由な語順」の否認をあえて貫こうする〈言構〉。さらに、先生はチョムスキーのgrammaticalな文のみを対象とし、しかもそれが一文ずつ前後関係に顧慮することなくいつも孤立の線分として扱われる〈言フ〉点を批判される。また*Current Anthropology*誌におけるチョムスキーとの問答の結果、語順転換（inversion）に対する態度がチョムスキーと根本的に違うと指摘（むしろ諦観）しておられる（Comments: *Topics in the theory of generative grammar*〈言世〉）。先生が最終講義でも引用されたアメリカの詩人、ロバート・フロストは、英語のもつ表現の力の極致を常に発揮させ、みずからの内界の動きをさながらに投影するテクニクを身につけていたとし、人間における言語の差を超える能力をもつ、極限における言語の使い手として高く評価される〈言世〉。

**剰余**

先生は剰余（résidu）という概念をイタリアのパレートの社会学書から得られた（「言語と言語の研究における「剰余」の問題」〈言世〉）。イタリア語のresiduiは「残基」と訳されている（姫岡勤譯『一般社会學提要』刀江書院、一九四一）。なお、余剰は、余剰価値、余剰米のように必要以上の余分のことであるから、剰余とは微妙な差があり、シノニムではない。パレートは「残基は人間の或る本能に對應している。だから殘基は通常明確さを欠き、嚴密な限界が定められない」と言っている。先生のお考えでは「言語には、いかに究明の手を進めてもなお常に究明しつくされ得ない剰余がのこる。根底には常に割り切れないものがある」〈言構〉と言い、しかも言語の本質はこのような剰余に内在し、剰余が言語の具体を支えて動かしていると言われる。ゲーテの「詩人のなかにあるすべては詩の作品のなかにある、しかもなお何かあまりがある」においてこの「あまり」、すなわち剰余が詩の理解においてもとくに重要である〈言フ〉と。パレートによれば、人間の行為には論理的行為（理性的行為）と非論理的行為（非理性的行為）があり、現実の人間は感情・欲求などの心理的誘因に従って行動する非論理的傾向が強い。先生は講義で柳田国男にときどき言及されることがあった。どのようなコンテキストであったか思い出せないが、近代的な社会においても前論理的な思惟の残滓が常に見出されるという思想に共感された箇所であったことは間違いない。

## 比較言語学

先生は比較言語学ではメイエ（一九三六年没）に私淑され、その研究において先生の「原理的な指針」（「訳者あとがき」〈メ史〉）ともなった名著を一九三四年（改訳一九七七）に早くも翻訳刊行された。またメイエに師事したバンヴェニスト（一九七六年没）とは、その後ずっと親交がおありだった（「言語の内界」〈言世〉）。

メイエはこの著書で「混成語の概念」という章をわざわざ立て、相異なる二つの言語の形態体系の混合に由来すると考えなければならない場合にまだ遭遇したことがないこと、しかし、真の混淆がいまだかつて起こったことはないとは言いきれない〈メ史〉と指摘している。混成語は混合語とも訳される。比較言語学で混合語が市民権を得るのは最近のことである。例えば、Ethnologue（2013）には世界で二十言語が「混合語」として認定されている。先生は混成語という現象を明確に否定しておられる。すなわち、「言語の接觸混淆とは言語そのものの接觸混淆にはあらずして二つの言語作用の交錯である」〈言序〉。それにもかかわらず、言語の歴史的動態的形成を説明するため基層および表層という基準に基づく重層語（langue à double couche）〈マポ〉〈言研〉という概念で複数の言語が一つの言語の形成に関与する有り様を説明しようとされた。メイエにも基質（substrat）という語は見えるけれども重層語という説明はない。

## 重層語

ソシュールの歴史性を排除したラングの言語学ではあえて触れられない言語接触に、先生が大変興味を持たれたことは十分に首肯できる。若いころの調査、すなわちミクロネシアのチャモロ語やパラオ語、またインドシナ半島のチャム語などにもすでにその兆候を看取されたのであるが、後のフィールドワークに基づく『ヨーロッパの言語』〈ヨ言〉においても重層語への先生の深い関心を読み取ることができる。

言語変化を誘起する事由として、言語と言語の接触混淆について三つの場合が区別される〈言序〉。すなわち、侵入または征服により一つの言語団体が征服された他の団体に対し自己の言語を強制し、初めの原住民の言語は滅び新しい言語が彼らの母語となる場合、新来の言語が上層をなす場合、相互に独立した社会が広く文化的の交渉と影響を放ち合う時の言語交渉の場合で、第三の場合が近世にもっとも多い現象である。第二は第三の深刻な場合であり、第一は極端まで推し進められた場合と説明される。第二の場合は、例えば、南イタリアでその地に及んで基層となったギリシア語とその地方のイタリア方言が挙げられよう〈ヨ言〉。またチャム語はオーストロアジア語的な基層語のうえに上層語としてインドネシア語派的な要素をもつ重層語である。しかし、このような重層説でも系統的にはチャム語はオーストロアジア語系である〈マポ〉。この点は、チャム語の系統をマライ・ポリネシア系とする現在の分類と齟齬する。日本語については後述する。

## フィールドワーク

一九二二年から南洋庁が置かれた内南洋（ミクロネシア）の総合的学術調査は緊急の課題であった。経済学者の矢内原忠雄は一九三三年から三四年にミクロネシアへ調査に訪れている。一九四一年には生態学的調査が今西錦司隊長のもとポナペ（ポーンペイ）で行われた。すでにドイツ学術調査隊によるミクロネシアの各島嶼の総合的調査（一九〇八～一〇）の報告書も刊行されていたが、言語の調査は不十分で首をかしげさせるものばかり（「言語の内界」〈言世〉）。フンボルトは『ジャワ島のカウィ語について』全三巻（一八三六～三九）（第一巻「序説」は「人間言語の構造的種々性…」で有名）において「マライ・ポリネシア語族」という術語の定着化とともに、その比較言語学的証明を行った点でもこの分野の先駆者とみなされるが、ミクロネシアのみならずメラネシアの諸言語はまったく対象とされていない。したがって、先生はマライ・ポリネシア諸語の調査研究はフンボルトに刺戟されたのではないと明言されている〈言フ〉。先生は一九三八年から四一年まで三度にわたり日本学術振興会の援助によりミクロネシアの調査に赴いておられる。四十一年は今西隊とポナペ、ヤルート（マーシャル）の調査行程が偶々同じで人類学者との交流を通じて新鮮な刺激も受けられた（「ポナペ島の生活と言語」〈言論〉）。また一九四二年から四三年にかけインドシナ半島でチャム語ほかの調査を行われた。

## マライ・ポリネシア諸語

この二、三十年の間にマライ・ポリネシア比較言語学は分類、故地などをめぐり考え方に大きな変更があった。台湾をオーストロネシア語族の民族移動の拠点と位置づけ新たな分類が提案され、大勢はそれに従っている。すなわち、紀元前四千年に中国南部から台湾に移動した民族はオーストロネシア祖語を話し、さらにフィリピンへ南下した民族が紀元前三千〜二千年にはマライ・ポリネシア祖語とオセアニア祖語に分かれたと考えるのである。このようにオーストロネシア語族という術語は台湾を含む場合に限定される。台湾からフィリピンの諸言語、西部ミクロネシアのチャモロ語、パラオ語は複雑な接辞法（接中辞を含む）を持つ特徴がある。この移動経路の推論には考古学的知見も勘案されているが、ロシアの遺伝学者、ヴァヴィロフの栽培植物の起源地は遺伝的変異が比較的狭くまとまった地域に見出されるという説へのアナロジーとしても興味深い。先生はフィールドワークの結果、ミクロネシアの中間地域にある、西はトコベイからトラック（チューク）、ポナペを経て東はマーシャルに分布する諸言語に対し、「ミクロネシア語派」のような独立した系統分類を行うことに反対され、これら諸言語はポリネシア語派の西側に分布する、古い名称でのメラネシア語派に属すると主張されたのである。これら諸言語は、新たな分類でも先生の主張されたメラネシア語派の大部分が属する「遠隔オセアニア祖語（remote Oceanic）」の上位レベルから分かれ同じ部類にならない。またミクロネシア西部に位置するヤップの言語の帰属は、先生はメラネシア語派に含められたが、オセアニア祖語のレベルから他のミクロネシア諸語と袂を分かつほど、語彙のみならず形態面でも孤立的である。

先生は、ミクロネシアの諸言語を系統分類する以前の問題として各言語が形成される過程において基礎的言語層（メラネシア系言語）が存在したのではないかと推定しておられる。先生の「ミクロネシア諸言語の構造的種々性について」（初出一九四一、〈比言〉、改訂〈マポ〉）は各言語の形成過程と分布を論じた重厚な論文で、現在もその価値を失わない。先生はよく言っておられた。なぜマライ・ポリネシア語族の接辞構造は単純から複雑に変化したのだろうか、これは言語一般から見れば逆の現象である（「ミクロネシア諸言語分布の過程」〈比言〉、改訂〈マポ〉）と。これは、当時はマライ・ポリネシア語族（現在の定義によるオーストロネシア語族）の移動は中国南部から南下してマレー半島あるいはインドシナ半島から東南方に広がったと一般的に考えられていたためで、マレー語を含むインドネシア中枢部の諸言語の接辞法が比較的単純で台湾、フィリピン、西部ミクロネシアが複雑なことから発せられたのである。現在、先生の疑問は解消したと考えられる。

## 日本語の系統

先生が日本語の系統を具体的に論じられた文では「日本語と南島書語―系譜関係か、寄与の関係か」（初出一九五二）が注目される。しかし、再録稿〈マポ〉では副題が「語彙的寄与の関係か」と改められたうえ、結語には大きな書き換えが見られる。すなわち、「マライ・ポリネシア諸語の日本語に対する系譜関係について対応の規則性らしいものも現れてくる。しかしそれはどこまでも語彙的事実であって日本語の文法的機能と体系に有機的に関与しているものではない。（中略）マライ・ポリネシア語で活発に働いてきた（接頭辞の）鼻音現象が日本語に生きて働いた形跡もなければ、接辞法も日本語の文法にならびに語彙的派生に関与的に働いたこともない。」

先生は、日本語の場合もその形成において基層語としてのマライ・ポリネシア諸語の古い要素の存在を認めつつも、この基層語は北方的（大陸的）な言語的統一に服した異系の要素の一つ〈マポ〉と見られるのである。したがって、「日本語は混成語であり、いろいろな要素の上に一つの支配的な言語が覆い被さって形を決めてきた」〈言研〉の混成語は slip of the pen であろう。ただし、その後の研究では、鼻音現象も接辞法も紀元前二千年以降にマライ・ポリネシア祖語から分かれたオセアニア祖語においてすでに消滅するか弱体化していたことが知られるので、逆に、フィリピン方面から日本列島への民族移動は、もっとも早くて縄文時代後期からと時期を特定するための根拠となるのである。また、開音節化という日本語の形態的特徴もこのオセアニア祖語の状態を維持すると考えられる。

さらに、先生は比較に際してメイエの言う「異例の表現様式」にこそ注意を向けるべきだとし、日本語におけるその例として上代以来の「かかり結び」が系統問題の解明につながる表現様式の一つであるまいか〈言歴〉と述べられた。これに反応するかのように大野晋は「満ちぬる潮か」と言わないで「潮か満ちぬる」と言い「秋津島やまとの国はうまし国ぞ」を「うまし国ぞ秋津島やまとの国は」と言うのは、強調表現とするための倒置法に原因があり、世間では倒置法であることが忘れられ、ただ形式的に「ぞ、なん、や、か」の下は連体形で結ぶということになった（「文法ぎらい」『図書』一九七七－一）と述べた。これが正しいとすれば、「かかり結び」は日本語内の修辞上の問題であり比較のための特殊な表現法ではないことになる。

## エピローグ

京都紫野の閑静なお宅には何度かお邪魔したが、清楚な座敷で卓子を間に和服姿で居住まいを正しお会いくださるのが常だった。「君、膝をくずしたまえ」と言われて、私はほっと落ち着けるのであった。ときには「ちょっと出ようか」と言われて近くの大徳寺界隈を散策し、茶店で一休みされることもあった。

一九六九年、先生の退官講演記録を軸に記念論集にする企画では、僭越にも私が編集を承けさせていただいたが、先生は無造作に風呂敷で包まれた雑誌、抜き刷り、新聞の切り抜きを、欠けているものがあるかも知れないが、と言って渡された。私はそれを前にして一瞬茫然となった。先生は磊落なご性格で著作リストのようなものは作っておられず、一旦活字になったものに対するご執着はあまりなかったようである。それは、先生の論文には再録や再刊の際の追記は別として、過去に書かれたものへの引用や言及がほとんどないことからも分かる。要は、一篇一篇の論文が自己完結的で全精力を傾注して執筆されたということであろう。したがって、先生の文章は読みやすい。この論集は『言語の世界』として結晶した。

一九七八年、先生は京都産大で国際言語科学研究所長に併任された。一九七九年、私はその研究会で発表する機会を与えられたが、「ミクロネシア祖語の性質」というタイトルで比較例とともにオーストロネシア祖語の下位的（地域的）再構成が可能であるという話をした。この考えについて、先生からすれば「逸脱」する方向に行ったと思っておられることを、後日、先生の側近の人から聞き当惑した。先生の後、京大ではオーストロネシア諸語の研究者はいなかったようである。私に大きな期待を寄せられたのではないかと自反するが、不肖の弟子であったことを自責せざるを得ない。先生は、晩年、ヒッタイト語の研究に勤しまれ、病床でも資料に鉛筆でメモをしておられたそうである。これが遺稿（一九八三）となった。結局、一九八三年五月二八日、思い出の座敷で冷たく仰臥される先生と対面したのが最後のお別れとなった。享年は七十七歳であった。

先生の意外と知られていない編著に漢和辞典〈ポ漢〉がある。インディアペーパーの千頁を優に越える袖珍本で親字や熟語の選択に先生の趣があり、また字義の説明に先生の文体が感じられる項目もある。先生は「吉川（幸次郎）君に請われて困ったよ」と謙遜しておられた。背も剥がれてしまったが、私は使い勝手の良さでずっと座右においている。先生の謦咳に今なお接しているようである。

なお、二〇〇五年に開催された「泉井久之助先生生誕百年記念会」に向け清瀬義三郎則府、李長波の両氏の尽力によりほぼ完璧な『論文目録』（非売品）が作成された。本稿の執筆にも大いに参考にさせていただいた。

**［参考文献］**（本稿で言及・引用した著作・論文・翻訳ならびに略号）
泉井久之助（一九二八・五・一、一二）「小林英夫氏譯ソッスユール言語學を讀みて」（『京都帝國大学新聞』）〈小ソ〉
泉井久之助（新村出）（一九四三）『言語學序説』（星野書店）〈言序〉
泉井久之助（一九四四）『言語學論攷』（敞文館）〈言論〉
泉井久之助（一九四九）『比較言語學研究』（創元社）〈比言〉
泉井久之助編（一九五六）『ポケット漢和』（全國書房）〈ポ漢〉
泉井久之助（一九五六）『言語の研究』（有信堂）〈言研〉
泉井久之助（一九五六・一一・一九）「私の処女出版：『言語学概説』」（『學園新聞』京都大學新聞社）〈私言〉
泉井久之助（一九六七）『言語の構造』（紀伊國屋書店）〈言構〉
泉井久之助（一九六八）『ヨーロッパの言語』（岩波書店）〈ヨ言〉
泉井久之助（一九七〇）『言語の世界』（筑摩書房）〈言世〉
泉井久之助（一九七〇）「服部氏の華甲記念論集を読む」（『英語青年』一一六・一一）〈服華〉

泉井久之助訳・E・サピア（一九七五）『言語―ことばの研究』（紀伊國屋書店）〈サ言〉
泉井久之助（一九七五）『マライ・ポリネシア諸語―比較と系統』（弘文堂）〈マポ〉
泉井久之助（一九七六）「言語研究の歴史」（『岩波講座日本語1日本語と国語学』岩波書店）〈言歴〉
泉井久之助（一九七六）『言語研究とフンボルト』（弘文堂）〈言フ〉
泉井久之助訳・A・メイエ（一九七七）『史的言語学における比較の方法』（みすず書房）〈メ史〉
泉井久之助（一九八三）「印欧語の完了形とヒッタイト語の動詞体系」（『月刊言語』一二・八）
『日本語学』三三（三）：八八－九九、二〇一四、明治書院

# 対談

## 二十　姫神（音楽アーティスト、本名は星吉昭）

### 縄文の言語と音楽と

私と対談した姫神は初代である。姫神さんと知り合いになったきっかけは、私の「縄文人のことば」（縄文まほろば博公式ガイドブック『縄文の扉』日本放送出版協会、一九九六）を介してである。姫神岳のある盛岡市郊外の、シンセサイザーが何台も設置された工場のような姫神さんの仕事場には圧倒せられた。対話で印象に残ったのは、歌詞に現代語や方言を用いると、どうしてもそれに対応する民謡なり歌謡が浮かんでしまい、作曲しづらくなるということであった。私の「縄文語」はその意味で、姫神さんの本来のパトスと調和し、自由で感性的な名曲が生まれたということなのであろう。「神々の詩」が最初にリリースされたのは、同じレーベルでPONY CANYON PCCA-01177、また合唱用のスコアは、姫神の本名、星吉昭作曲で、女性三部合唱『くつろぎの女性コーラス』（ヤマハミュージックメディア、二〇〇一）に収められている。本文は、私の海外出張中に原稿が起こされ会報に掲載された。私の校正が入らず不本意な内容となっていたので、この機会にかなり手を入れた。姫神さんは、二〇〇四年、まだお若くして不帰の客になられた。ご冥福をお祈りしたい。

**星**　どうも先生、よくいらっしゃいました。お目にかかるのを、とても楽しみにしておりました。

今日はよろしくお願いいたします。
**崎山**　お会いできて嬉しいです。よろしくお願いします。
**星**　今回は遠野にも足を運ばれたそうですね。
**崎山**　そうなんです。以前から、遠野は是非訪れたいと思っていました。私、学生時代に成城の柳田国男先生のお宅を訪ねたことがありますが、そのときにも遠野のお話が出ました。
**星**　そうですか。このスタジオのあるところも、広くいえば遠野郷です。遠野物語は、私の原点のようなもので、いつも本をそばにおいて読んでいます。

## 南方の文化

**崎山**　これまで、言語学をやる人間は専門にこだわりすぎて、狭く自分の領域に線を引いてきましたが、もともと学問に領域はないので、もっと自由に研究領域を広げることが必要だと思っています。私は、柳田国男の『海上の道』（筑摩書房、一九六一）で、その自由な発想やロマンに触発され、その後、南方の文化や言語の研究のため、南方に留学したわけです。とくに、インドネシアでの調査でその言語や文化が非常に大きな広がりをもっていることに驚きました。言語は、ポリネシアやマダガスカルにまで繋がっているのです。このような言語を話すグループは、オーストロネシア語族と呼ばれます。そして、言語といえば、マリアナ諸島、フィリピンを境にして日本語と接しているのです。彼らの移動手段は海流を利用するのですが、たとえば、黒潮に乗ると琉球や九州まで簡単に行けます。また黒潮から対馬海流に乗ると、列島を北に進むことも容易です。彼らの航海には、方位や気象などの知識を伴う航海術と、造船の技術当然、必要であったと思われますが、それらをすでに具備していたのです。ただし、ただ海流にしたがって流されているだけでも、日本列島に到着しえたようで、島根県の美保神社には、いつごろ漂着したか分からない古い舟が保存されています。

**星**　それは南の方から来た舟なのですね。

**崎山**　そうなんです。その舟を見ると、今でもニューギニア、インドネシア、フィリピンなどで使われているものと同じで、一本の木をくり抜いたカヌーのような舟です。このような海のルートから、縄文後期以降には、例えば、照葉樹林文化に代表されるようなさまざまな文化要素、稲作、歌垣、死体化生や羽衣伝説、発酵食品などが、海を越えて運ばれてきました。これらは、オーストロネシア人が仲介したことが明らかです。

**星**　南方の椰子の実が流れ着くという話を聞きましたが、人のみならず、そうやってさまざまなものが南方から日本にもたらされたのでしょうか。かつて鎖国をしていて、そのときには四方を囲んでいる海が諸外国との壁だったわけですが、先生のお話をお聞きして、海は文化や物流の大動脈だということが良く分かりました。

**崎山**　海によってつながっていたことは、縄文の火焔土器を見ても明らかですね。あの土器はニューギニアあたりからもたらされたのでしょう。オーストロネシア人がもたらした米には、そのことばに面白い歴史があります。かれらの渡来は、何度も繰り返されたので、遅れて入った米は、先住のオーストロネシア人が砂に見立ててヨネと命名しました。ただし、砂の意味は、沖縄の与那国や、山陰の米子などのように地名に残されています。また米の新しい名称に、マイがありますが、これは南中国系の言葉といわれ、だとすると借用語です。（マイの語源もオーストロネシア祖語のフマイ「主要作物」に起源がある。）

**星**　そうですか。岩手の沢内村に「およね地蔵」というのがあり、「およね」という女性にまつわる物語がありますが、これも米にかかわりがあるのでしょうか。

**崎山**　それは米ですね。

**星**　確かに、玄米は砂のように見えますね。これが中国系だとマイになる。

**崎山**　マイは、沖縄では米のことを言いますね。

**星**　そうですか。金札米、水晶米があるのと同じですね。

**崎山**　その例は複合語ですが、米をマイと呼ぶのは沖縄独特です。

**星**　最近、縄文の賛美歌のような曲を作っていますが、出来上がりが、どうも南方系の雰囲気になってしまうのです。これは、もともと南方からの文化的影響によるものなのでしょうね。私は明るく爽やかな縄文の暮らしをイメージして、それを音に変えていますが、短音階（ラを基音にする音階）だと暗くなるので、縄文語を音に乗せるときは、長音階（ドを基音にする音階）にしたい。そのほうが縄文の雰囲気に近いのではないかと…。長音階と縄文語が合わさると、どうしても南方の香りがしてしまうのですよ。それがとても不思議なんですよね。

**崎山**　われわれが南方をイメージすると、空の色、海の色、島の緑の色、白い砂浜、これはもう長音階の色ですね。また椰子の木陰でのんびり昼寝でもしたいと思うでしょうが、椰子の木陰は害虫が非常に多いのです。

**星**　あっ、そうですか。

**崎山**　蚊はいるわ、ブヨはいるわ、ハエは来るわで大変です。ですから、ホテルの部屋にでもいないかぎり、南方は快適とは言えないのです。

しかし、外の色彩はきれいで、とくに珊瑚礁の色はきわだっています。砕ける波と海との対比がなんとも言いがたい美しさです。ただし、南方の人の生活は豊かだというわけではなく、台風も来るしまた乾期もあるので、そういうときには食べ物を得るのも厳しくなったりします。ただ、北方での生活に比べて食べ物を求めるにしても、あまりあくせくすることはないので、生活態度も大らかであまりくよくよしない、とも言えます。日本人の個性には律儀でいつまでも恩義を感じる側面があるかと思えば、こだわりがなく陽気という面もあります。これは南方的な側面でしょう。戦時中に現地の女性と結婚して南方で生活している日本人は結構多いです。半世紀もすぎて、いまだに日本に恨みをもっている民族もいますが、半世紀もたてばもういいじゃないか、過去のことは忘れて仲良くやりましょうというのが、南方的側面です。日本人には、短調的と長調的な両面が共存していて、それが複合的な個性をつくっているのです。

**星**　日本の言葉も、まさにそれで北と南からいろいろな特徴を取り込んで形成されてきた。そして日本の民俗芸能もそうだと思うのです。

**崎山**　私は、民俗芸能のほうも、もう少し調査をしていただきたいと思っていたのです。たとえば、南方的な芸能はどこまで南方と考えていいのか。「棒踊り」が東北にもありますが、あれは南方起源だという説もあります。ミクロネシアのヤップ島では、今でも棒踊りは、日常的におこなわれています。

**星**　棒踊りですか。富山のコキリコなどもそうでうね。岩手には「ナニャドヤラ」という不思議な踊りがあるのです。これはヘブライ語ではないかとか、さまざまな説があります。

**崎山**　ヘブライ語というのは、非常に遠い異国に求めているのでしょうが、たぶんその異国はもっと近いところかもしれません。

## 縄文語の歌

**星**　話を変えますが、縄文の、たとえば、三内丸山遺跡などを見て、あれだけの六本の巨木を立てるわけですから、共同作業でなければできないわけです。共同作業というと、掛け声や唄が絶対にあったろうと。北海道には「江差追分」があるのですが、「カモメの鳴く音（ね）にふと目をさましゃ…」と数文字ですが、歌は非常に長いのです。それは、「カモー」と一発いって「メ」までいく間に複雑にメロディーを経過していって、時間的にも十秒ぐらい経過する。先生から教えていただきました「アバナガマポ」（私は名がマホだ）も、これを歌にうたうとき、きっとそうではなかったかと思うのです。やはり「アバナガマポ」と歌う場合、かなり間をおいて歌ったのではと思ったのです。私のこの珍説に、先生は縄文語を再構成しつつ、それが歌になった場合、どのようになると思われますか。

**崎山**　現代人は生活のスピードが早いせいか早口になっています。テレビやラジオのアナウンサーがだいたい早口ですし、たぶん短い時間でたくさんの情報を伝えようとするからああなってしまうのでしょう。しかし、縄文時代はそういう必要はないし、早くしゃべるメリットはあまりなかったと思います。むしろゆっくりと朗詠調でしゃべるほうが、うんと気持ちがこもるわけですし、相手に訴えるのにもそれだけ時間をかけているわけですから、言葉に重みが出るわけです。星さんは、縄文の感性を現代にアピールしようとしているわけですから、やはり長音でいいのです。「アバナガマポ」は本当にゆっくりした調子でいいと思います。

日常生活においては、そういうことを言う必要や状況はそれほどなかったと思いますが、三内丸山はいくつかの部落が集落を構成していたようですし、村には村長か族長がいたでしょう。また村同士でいろいろ会議もあったでしょう。そういう場では、早口でなく、威厳のあるゆっくりしたしゃべり方がなされたと思います。

村同士の交流で重要なことは、近親結婚を避けるという知恵も働いていたと思われます。

**星**　それは本能も含めて、よその者と交わってゆくということが重要なのですね。

**崎山**　そのためには、たとえ遠くても結婚相手を探さなければいけない。あるいは、戦争をして違う村の女性を略奪したかもしれない。縄文時代に戦争がなかったかどうかは、分からないと思います。

**星**　そこの者が活力を得るためには、ほかの者と交わっていかなければいけないという基本的な……。

**崎山**　これが人間と動物の根本的な違いで、猫や犬は親と子が交尾したり、無茶苦茶な世界です。

動物の遺伝子がどうなっているのか分かりませんが、人間の世界にはありえないことです。

**星**　そうすると、人間は広範囲で交流していかなければならない、という一つの宿命のようなものを…。

極端にいうと、異文化と交流していかなければ人間は存続していけないということですね。日本語の場合は、その長い時間になかで膨大な混合や複合が繰り返されて…。

**崎山**　具体的にいうと、東日本にはツングース系の北方民族がいて、西日本には南方系のオーストロネシア系民族がいたわけです。それぞれは、異なる生活方法をもってある時期まで共存していたのですが、だんだんと生活の必要から物々交換が始まり、その間に通婚が始まり、その子供や子孫には新しい混合語の発生が起こった、というモデルケースになります。

**星**　縄文語は今、先生の研究で再構成されていますが、地声合唱団「姫神ヴォイス」のコーラスの、三人が「もしかしたら、縄文時代の日本語とはこれではなかったかしら」というのです。縄文もなにも知らない人たちが、ある日ふともらした感想を聞いて、これは重要なことだと気付きました。縄文語がわれわれに投げかけているものが、現代の若い感性の人たちに直接伝わったということは、すごいことだと思います。

**崎山**　そういうものを作った者として、非常にうれしいことです。私は、言葉は歴史だと考えています。短い歴史もあれば長い歴史もある。日本語は、数千年かけて構成された非常に長い歴史をもちます。日本語は、形を変えながらも、縄文時代から現代へとつながっています。現代語の中にも縄文語の情報が含まれています。今の世の人たちが、縄文語を認めてくださったということは、現代語から縄文語の息吹を感じてくださったことで、私としては、大変ありがたく思います。

**星**　とくに二十一世紀は、地球があやしい、何か変だ、どうなるんだろうと思いながら、皆さんは暮らしている。そういう不安がどんどん蓄積されて、縄文時代の人たちの自然との共生の仕方がクローズアップされてきています。科学技術も発展をしながら、自然との共生を学んでいかなければならない。そこで、縄文語のもつ美しさ、縄文の人たちのもつ美意識などを提示することは、とても大事なことだと思います。縄文語は、われわれの方言の成り立ちの基礎でしょうから、方言を勉強するにしても、再構成された縄文語は非常に意味をもつと思いますし、地方の言葉の復権の大きな機会になるのではないかと思います。

## 日本語の混合性

**崎山**　日本語は、言語系統の分類では孤立的言語とされてきましたが、これだけ豊かな方言、古典語をもっていながら孤立的というものおかしなことです。日本語は、独自の形成の歴史があって、縄文時代から現在まで首尾一貫して、日本人の言葉として維持されてきました。日本人はいろいろなものを受け取りながら、それを混ぜ合わせて現代につなげているのです。それが、よそから見れば、いかにも孤立しているように見えるのでしょう。酒は液体ですが、元はといえば、米や麹のような固形物です。酒だけからは、元の原料は想像もつきません。原料を混ぜ合わせ、発酵させ、搾って酒になる。日本語も、このようにうまく化学変化しているのです。文化も同じことで、ルーツを考えると、一筋縄ではゆかないところがある。元になった言葉をうまく加工し、変容させながら維持してきたということです。

日本の音楽を見ても、宮廷の雅楽もあれば、民間の浪花節や都節、演歌もある。一五六二～九六年に日本に滞在したイエズス会宣教師のルイス・フロイスは、日本人はポリフォニー（多声音楽）をやかましいと感じて好まないといっています。しかし現在でも、春や秋の祭りのお囃子はその通りですが、一方で、西洋音楽も着実に根付いています。食分化も多様で、酒類も日本酒、ワイン、ビールなど何でも飲むが、ラーメンとかカレーライスは日本風に変貌していて、そのルーツ国にもそれらしいものはありません。スポーツでも国技の相撲のほか、野球、サッカーなど、何でもよくこなしますね。

**星**　そういえば、非常に混合していると思いますね。

**崎山**　日本人は、自分たちの生活において面白い、役立つと思うものを、どんどん自由に取り込んでゆく。それが大きな特徴ではないでしょうか。

**星**　神々の詩を、いまの日本語で取り組むと、私なりにイメージする限界があるのです。それは、私が今まで用いてきた日本語に対する考え方があって、どうしてもその延長線上でしかないのです。今の「ワ（我）」は縄文語で「ア」といった。そのように日本語のルーツとして理解できる語源もあります。「イモ（芋）」が「ウモ」だったりするわけで…。それにメロディーをつけるとどうなるかというと、日本語につけるのとはやはり違ってくるのです。これは重要なのです。ただし、英語やフランス語だったりすると、いっそう発音やイントネーションも異なるし文化も違うので、私としては、いっそう距離が遠いので大変なのです。しかし、「ウモ」が「イモ」であるということは、語源が身近に感じられるのです。

ですから、「姫神ヴォイス」の人たちが感性でもって、これが日本語のルーツかもしれないと思ったのと同じです。もしかしたら、これから縄文語の曲を作っていけば、私は民謡なる世界のもっと裏側が見られるように思うのです。民謡をメロディーで奏でると、すごく技巧的になります。「うー、うー」と一杯にうなりますが、そうではなくてもう少し素朴に装飾音符を付けたら、その音は何かなと、今、私はそういうふうに考えています。その意味で崎山先生からいただいた縄文語は、それを考える良いきっかけになりました。ですから、これは単純に歌詞を入れたというだけでなく、私がやろうとしている音楽のあり方の、大きな曲がり角での出来事です。日本語にメロディーを付けるというものとは少し違うのです。

**崎山**　しかし、所詮、日本語のルーツですから。それが、星さんに新しいイメージを与えたとしたら、私として大変嬉しいことです。

**星**　もう触発されています。現代日本語では使い古したところがあって、それにメロディーを付けても、今ひとつ自分の気に入らない。ところが縄文語だと何か新しいことができそうな気がして…。

**崎山**　私としては、再構成された縄文語は、原日本民族の伝統文化の根源とも考えていますから、現在の個々の具体的な民族を越えた中立的なものと見てくださっても結構です。それが新しい道を拓くきっかけになることは、大変光栄です。

**星**　メロディーについて、今までにないものだと言われること自体、たしかに縄文語から誘発されているからです。それで、長調で音階を作るとどうしてもこうなってしまう。縄文語は不思議です。

今、私の頭の中は、アカペラ（無伴奏合唱）で縄文語の歌が鳴っています。アカペラでＣＤも作りたいと思います。声質も地声でやっていきますし、なんとしてもこれはやらねばと思っています。

**崎山**　アカペラは縄文時代の状態かもしれません。楽器はまだ不完全ですから、音程も取りにくいでしょうし。

**星**　私も三音ぐらいの音楽を作ってみたいと考えています。二部合唱のようにして三音だけでどこまでできるか、童歌ふうなものどうか。私自身、縄文時代の音楽がこうだったと再構成するつもりはないのですが、気持ちの中ではもしかして描けるのではないかという気もしてならないのです。

**崎山**　縄文人は、自然から多くを学びながら自然と調和し、自然から何かをいただく、というそういう人たちであったわけです。自然を賛歌する気持ちも、当然、現れてくるでしょうし。しかし、言葉だけではなんとなく掴みにくいイメージが、星さんによって音楽によって構築されたということは、私としても、得がたい経験であったと感謝しております。

**星**　これからも、細かいニュアンスなど、先生がお分かりの部分はできるだけご指導をいただければと思います。イントネーション関係とか…。

**崎山**　イントネーションは、音楽ではあまり用いないですね。

**星**　それに縛られるつもりはないですが、ある程度それも踏まえてゆければと考えています。崎山先生、今日はありがとうございました。

『新風聞』二三二：一〇－一三、一九九九、東広社内姫神後援会事務局

# 二十一　湯浅浩史（民族植物学者。現在、進化生物学研究所理事長・所長）

## マダガスカルから地球が見える—島大陸は好奇心のるつぼ

### 大航海者オーストロネシア人、マダガスカル上陸

**崎山**　意外に思う方が多いかもしれませんが、マダガスカルの文化は見れば見るほどインドネシとつながっていることに驚かされます。マダガスカルに最初にやって来たのは、ボルネオ島の南東部にあるバリト川上流に住んでいた人びとではないかという、ノルウェーの言語学者ダールの説がもっとも妥当性があり、最初の移動の時期は紀元四、五世紀頃と推定されています。

**湯浅**　それ以前のマダガスカル島は無人島で、南部の乾燥地帯をのぞいて、鬱蒼とした森林に覆われた緑の島だったようですね。

**崎山**　言語学ではオーストロネシア語族といって、中国南部の雲南地方を起源に南下し、インド洋・太平洋上を扇のように広がっていった言語ファミリーがあります。分布の東端はポリネシアのイースター島ですが、じつは西端がマダガスカルなのです。基本的な動植物の名前を比較しても、その共通性がよくわかります。

**湯浅**　すごいですよね。彼らの移動は地球を半周している。いったい、どのようなコースでマダガスカルに渡ったのでしょう。

**崎山**　よくいわれるのが、季節風を利用してインドネシアからインド洋の北部をインド、アラビア半島と陸地沿いに航海して来たという説ですが、そんな悠長なことをしていたら海賊に襲われかねません。もうひとつ、南赤道海流にのってインドネシアから六千キロの海上を直行したという説があり、私はこのほうが安全かつ効率がよかったと思うのです。

一九八五年、ボブ・ホブマンというイギリスの作家がジャワ島で八世紀頃つくられたボロブドゥール寺院のレリーフにある船を復元して、一ヶ月間の実験航海をし、この説を検証しています。

**湯浅**　なるほど。その船は本体の両側にアウトリガー（安定のための浮き）を付けたカヌーですね。ポリネシアからマダガスカルにかけて分布する特徴的な船ですが、アフリカにはありませんね。そんな小さな船で大航海を果たしていたとは。

**崎山**　今でもマダガスカル島南西部の海岸に住むヴェズ人は、このタイプのカヌーを使っています。

**湯浅**　私はマダガスカルで、このアウトリガー付きの船に乗って川を遡ったことがあるんです。このタイプの船が川で使われているのは世界的に例がありません。川を遡るのにアウトリガーは必要ないはずで、まさに海からやって来た証拠ですよ。

**崎山**　歴史は大航海者という名を十五～十七世紀のヨーロッパの探検家に付していますが、本当はオーストロネシア人にあげるべきかもしれません。では、なぜ移住したのでしょうか？

**湯浅**　たとえば、氷河期が終わって氷がどんどん溶けだして海水位が上昇し、居住地が浸食を受けたため山のほうへ移ろうとしたけれど、そこには先住民がいたので、仕方なく船で大海に漕ぎ出した、とか。

**崎山**　あるいは、古代社会では占いが強大な力をもっていて、それによって移動した可能性もあります。

**湯浅**　また、伝染病が広がって死者がたくさん出たために、そこを捨てて新しい土地へ行こうとしたのかもしれません。

## アフリカのとなりにインドネシア!?

**湯浅**　航海で遠くまで行くためには、たとえ食べ物は二、三日我慢できても、水は必要です。そこで、私がこだわっているのは「ヒョウタン」です。なぜなら、最古の栽培植物であるヒョウタンは、水を運ぶ容器として完璧であり、世界中で使われてきました。マダガスカルへと旅立った船にも、かならずヒョウタンを乗せていたと思うのです。マダガスカル語でヒョウタンのことをヴアタヴとかタヴといいますが、インドネシアでラブ、台湾のある少数民族はタブといい、よく似ていますよね。

**崎山**　タブ（*tabu）はオーストロネシア祖語のひとつで「舟の中に溜まった水（淦《あか》）を汲む道具」という意味ですが、ヒョウタンがもとで、それから派生したと考えることもできます。マレー語のラブはサンスクリット語（alabu）の借用語で、タブと語源は異なります。

**湯浅**　マダガスカル語で、生活必需品の塩をシラといいますが、インドネシアの一部では海や海水のことをシラといいますよね。

**崎山**　これもオーストロネシア祖語です。ちなみに、中央高原にある景勝地アンツィラベは、「大きな塩」という意味です。あそこは温泉が湧くので、きっと岩塩が採れたのでしょう。アンは場所の接頭辞、ツィラはシラが音韻変化した語で、べは大きい、です。

**湯浅**　なるほど。言葉がインドネシアと同じ系統にあり、航海に使ったのがアウトリガー付きのカヌー。たしかにマダガスカル人のルーツはインドネシアにあるといえます。しかし、それだけではありませんね。初めてマダガスカルへ行ったとき、飛行場から一歩出たとたん水田が広がっているのを目にして、感動しました。

**崎山**　私もです。インドネシアを訪れ直後にマダガスカルへ行ったのですが、まさかアフリカ大陸のすぐ横に、アジア的な風景が広がっているなんて、写真では知っていましたが、実際驚きました。

**湯浅**　マダガスカルの主要民族であるメリナ人は、私たちと顔立ちが似ていて、黒髪直髪、お尻に蒙古斑も出ます。そういう人びとが腰を屈めて田植えをしている様子は、まるでひと昔前の日本の田舎の光景です。そのうえ、稲の収穫の仕方は「穂摘み」といって穂だけを刈り採るもので、縄文人やインドネシアの人びととも共通です。

　風景で日本とちょっと違うのは、水田のそばにバナナが生えていることですね。

**崎山**　マダガスカルには米にジャヴァニカ種とインディカ種の二種ありますが、古い米はやはりインドネシアから伝わってきたのでしょう。

**湯浅**　水田で、米だけでなくタロイモも作っていることは非常に重要です。マダガスカルのように大きな穴を掘ってその中にタロイモを植える方法は、稲作が始まる以前の原始的な水田の形態を残していると思われます。

マダガスカルの自然植生には、異端植物と呼ぶにふさわしい固有種が山ほどありますが、移住して来た人たちが土地を切り拓き、故郷と似た景色を作り上げてしまったのですね。

**崎山**　東南アジア一帯は生態系が似ているからこそオーストロネシア祖語という共通の言語体系が生まれたのですが、たしかにマダガスカルの動植物相はまったく異質なものです。人びとは、毎日毎日驚きながら命名していったのでしょうね。それが言語学的にも興味深いのです。

**湯浅**　種類は全然違うのに外形が似ているので、インドネシアの名前を転用した植物がたくさんありますね。

**崎山**　たとえば、マダガスカル原産のタビビトノキは、バナナのように果実はなりませんが、インドネシアのバナナの幹と形が似ているので、ラヴィナラ、つまり「森の葉」と名付けました。しかし、サカラヴァ人はフンツィといい、これはオーストロネシア祖語の「バナナ」を意味する言葉に由来しています。また、マレー半島からニューギニアにかけて原生するサゴヤシを指すルンビヤは、マダガスカルでは形がよく似ているラフィアヤシを指すようになりました。

**湯浅**　アフリカなどを経由せず、インドネシアから直行して来たのでなければ、そこまでの記憶は残っていないはずです。

**崎山**　おもしろいことに、稲作のように遅れて入ったものには、いかにも新造語的な名称が付けられています。田圃のことはタニンヴァリといって「稲（ヴァリ）の土地」、穂摘具はキソンヴァリで「稲のナイフ」といった具合です。インドネシアではそれぞれ、サワー、アニアニという固有のことばがあります。

マダガスカル語のヴァリは、ボルネオなどの言語のバリ「干し飯」と音韻対応します。すると、初期の移民は、米粒ではなく、煎った米を水で戻して食べるような調理米を備えて、航海に出たのではないかと想像できます。（この伝統的なバリ語源説に対して、南インドのドラヴィダ語族のヴァリ「稲」借用語説もおこなわれるが、現在、後者を支持する人が多い。）

**湯浅** 航海に出た人びとは、稲の栽培もしていたけれど、狩猟もしていたインドネシア人ではないでしょうか。というのは、マダガスカル人は細いヤシに穴を通して作った吹き矢を使いますが、吹き矢はアマゾンとボルネオ、マレーシアなどの一部にしか分布していません。

楽器も民族性を色濃く伝えますよね。

**崎山** 竹筒でできたヴァリハが代表ですね。竹の表皮を細く切って浮かせ、琴柱を挟んで弦としたものが基本形のおもしろい楽器です。筒型で扱いにくく、裏の弦は見えないから手探りで弾かなければならない。ヴァリハには半音はありませんが、マダガスカルの人は、バッハの曲も半音は無視して楽しむのです。

**湯浅** 胴部にヒョウタンが使われているのを見つけたときは驚きましたね。ヒョウタンには音の響きを柔らかくする効果がありますが、もしかしたらこの知恵もインドネシアのほうから伝わったのではないでしょうか。

**崎山** でも、フィリピンやインドネシアでは、この古楽器はもはや地方でしか見ることができなくなりました。

## アジア、アフリカ、アラブがミックス

**崎山**　マダガスカルの人と文化の源流をインドネシアに見てきましたが、マダガスカルの文化の奥深さはそれだけではありません。

**湯浅**　その通りですね。基本的にはインドネシアの古文化が流れていますが、その次にアフリカがかぶさり、さらにアラブが混じっています。

よくマダガスカルは、〈米＝稲作〉と〈牛＝牧畜〉の国だといわれますが、コブ牛（ゼブ）はアフリカ大陸から連れて来られたもので、牛のウンビという名称もスワヒリ語ですね。牧畜用語はスワヒリ語系が多いです。また、南部にはアンタンルイ人というアフリカ系の民族がいます。彼らは背が高く、肌の色が真黒で、毛髪が縮れています。

楽器ではジェゾ（ジェジ）というヒョウタンを材料にしたアフリカ系の弓琴がありますね。

**崎山**　そして、カブスというリュートはアラブ系かな。

**湯浅**　アラブ最大の置き土産といえば、何といっても「紙」ですね。ヨーロッパから入る以前に、マダガスカルには和紙とそっくりの紙が伝わっています。コーランを書くためのものでした。

**崎山**　十九世紀初頭まで、アラビコ・マルガシュというマダガスカル語を書くためのアラビア文字も伝えられたようです。現在、マダガスカル人の回教徒の割合は数パーセントに過ぎませんから、この文字も廃れていったのでしょう。

マダガスカルで使われている暦や占いに関連した言葉のほとんどは、アラビア語の借用語ですね。

**湯浅**　アラビア人は東海岸から進出したほか、コモロ諸島を一度経由して西北部の港町マジュンガ（マハジャンガ）に移住したようです。ですから、今も西北部はイスラム文化圏ですし、東南部にはコーランが読めてアラビア文字が書ける民族もいます。

**崎山**　ダウ船に乗ったアラビア人がマダガスカルと交易を始めたのは、十世紀頃でしょうか。

**湯浅**　特定するのは難しいですね。しかし、一二九八年にマルコ・ポーロ（一二五四～一三二四）が、『アラビアン・ナイト』（八世紀後半～十六世紀）に描かれている「象を掴むような巨大な鳥」がこの島にいると記しています。

**崎山**　巨大な鳥とは絶滅してしまったエピオルニスのことですね。一六五八年に書かれたE. de フラクールというフランス人の『マダガスカル島の歴史』の中にも、島の南西部の人里離れた場所にダチョウのような大きな鳥がいると記録されています。当時はこの鳥をヴルンパチャ「平野の鳥」と呼んでいたようです。飛べなくて地上でしか生活できない鳥という意味でしょう。今もフットボールぐらいの大きさだった卵の殻だけはたくさん残っていますね。

**湯浅**　アラビア人が実際に生きているエピオルニスを見たのかどうかはわかりません。しかし、ニワトリの七十倍も大きい卵の化石を見たら、本当に象を掴むような巨大な鳥がいると想像してしまいますよね。

アフリカ大陸との交流に関してはバオバブも年代測定の指標になるんですよ。マダガスカルには八種ものバオバブがありますが、そのうちディギタータ・バオバブという一種だけはアフリカと共通で、おそらく持ち込まれたものでしょう。分布がマジュンガと北部のディエゴ・スアレスに限られています。私がマジュンガ郊外にあるディギタータを撮影している時、ある人が「おれのじいさんから聞いた話だと、祖先がコモロ諸島から種子を持って来て植えた」と教えてくれました。マダガスカル最大のディギタータは、幹の直径が七メートルになります。その発達ぶりから、樹齢五〇〇年以上は経っていると推定できますので、十六世紀以前にアフリカから持ち込まれた可能性が高いです。

## 祖先崇拝、割礼、タブー

**崎山**　マダガスカル島のほぼ全域が、メリナ人によって統一されたのは十九世紀初頭といわれます。メリナ王国の中心地となった中央高原の首都アンタナナリヴ（標高一二四〇メートル）は、オーストロネシア祖語で「千の土地」、つまり広大な土地、あるいは領地がたくさんあったことを意味したのかもしれません。そこで中央集権的な政治が始まり、メリナ人の言語や文化が中心となって全土が統一されていったと想像できます。この「千」という表現はジャワ語的で、ジャワ語で「大変ありがとう」または「すみません」をヌウンセウといいますが、このセウは「千」のことで、つまり「たくさんありがとう」といっているわけです。

メリナ王国時代には階級制度がありましたが、奴隷はアフリカから連れ来られた可能性がありますね。

**湯浅**　一九九六年に焼失してしまった王宮に展示されていた、王家の系図の中にアフリカ系の奥さんがいました。きっとアフリカから来た集団の中から選ばれたのでしょう。しかし、アフリカ系の人びとは少しずつやって来たのでしょうね。集団が大人数だったら、彼らのコミュニケーション手段である言葉は生き残ったはずですから。

統一を果たしたメリナ王国も、最後の女王ラナヴァルナ三世の時代（一八八三～九七年）にはフランスやイギリスの支配を受けて幕を閉じました。独立後の今なお、マダガスカルでフランス語が公用語として使用されたり、キリスト教が人口の四割くらい信仰されているのは植民地時代の影響ですね。

**崎山**　祖先崇拝の重要な儀礼であるファマディハナも、もともとはメリナ人の儀式です。

**湯浅**　五～九月の寒くて乾燥した農閑期に、祖先を墓から取り出して、新しく布をまき直し、集合墓に収める儀式ですね。

**崎山**　そのように、仮葬の後、本葬をおこなう二次葬の風習は、インドネシアのセレベス島のトラジャ人やスマトラ島のバタック人、そして沖縄では洗骨の後、門中墓（家族墓）に納骨する習慣にもみられます。しかし、定期的に墓を開き、先祖を村に迎え入れ衣類を着せ替え食事をあげるというファマディハナを見ていると、はるばる海を渡り苦労して生活を築いてきた祖先をひときわいとおしみ、大切にする気持ちが強いのではないかと思うのです。（ただし、現在のような規模でおこなわれるようになったのは、十九世紀末、フランスによる奴隷解放以降といわれる。）

**湯浅**　男の子の儀式に、割礼がありますね。メリナ王国の宮殿の一室には、王子の刀や調度品が置いてあったのですが、アラブ的な模様が刻まれた立派なものでした。そこから考えても、割礼はインドネシア古来の風習ではない気がします。アフリカには古くからある風習ですが、インドネシアでもおこなわれていますか？

**崎山**　回教徒以外の人びとがおこなうのは、あまり聞かないですね。

**湯浅**　マダガスカルの精神的な世界は、祖先崇拝、水や石や樹木の精霊信仰、タブーや占い、呪縛と本当に奥が深いですね。呪術に関しては、占いをする人が治療もおこなう。何種類もの薬草を漢方のように複雑に調合するのですが、これもインドネシア文化の継承でしょう。アフリカの薬は、ほとんど単品で服用するのでタイプが違います。

**崎山**　とくにジャワの民間薬（ジャム）の歴史は古く、非常に洗練されていますからね。

マダガスカルを民族学的に研究するときに、難しいことがあります。インドネシアでの事例を個別に指摘できても、マダガスカルではそれが新たな組み合わせ、つまり新しい文化複合を形成しているので、インドネシアのどの民族文化がマダガスカルのどの民族に継承されているのかということが、はっきり指摘できないのです。

**湯浅**　人と文化が何派もいろいろなところから来て、複合していますからね。

**崎山**　人が足を踏み入れて十数世紀経過したマダガスカルでくりひろげられた歴史は、ふるさとの文化や言語を継承しながらも、マダガスカル民族文化の形成に向けての新たな創造的発展であったといっていいと思います。

『FRONT』一一（七）：八－一三、一九九九、財団法人リバーフロント整備センター

# 二十二　片山一道（自然人類学者。現在、京都大学名誉教授）

## 島の言語をめぐって

**崎山**　今日は形質人類学者の片山一道さんと島のことばをめぐってお話しできるということで、楽しみにしています。片山さんはポリネシアや、最近ではトルコをフィールドにして、広い視野から島の問題、あるいは大陸の問題を比較しながら調査されていますし、その学問領域も考古学、人類学、民族学と非常に間口が広いので、これは新年のいい話題になるのではないかと期待しています。

### 自閉性と開放性

**片山**　私自身は、昔から島に大変興味があって、縁がありました。生まれたのも島なら、育ったのも島であり、基本的にいろいろな発想もすべて島から発想しているつもりでいるんです。

最初に私がまず言っておきたい事があります。それは地球についてであります。結構広い大きな惑星なんですけど、その地球の三分の二は海洋であります。つまり海が占めている。大陸はそもそも全体の三分の一しかないんです。三分の二を占める海洋には島があるわけです。島があれば陸があるわけで、陸があれば人間が住む、人間が住めば歴史があるということがいえます。歴史があれば文化もあることになり、つまり私どもの日常生活のあらゆる場面で、これを抜きにしては物事を発想できないような魅力が島にはあるし、また、大陸とは違った独特の性格があるんじゃないかと思います。

**崎山**　そうですね。島といっても、大きな島もあれば小さな島もあるし、日本やイギリスが島国だと言う場合の島もありますし、また太平洋の小さな環礁もあれは島だと普通いっているわけですが、島には他にもいろんな特徴があると思うのです。非常に大陸に接近している島もあれば、太平洋のど真ん中にある島もあるし、そのあたりはちょっと整理をしておいたほうがいいですね。柳田国男は、日本語のシマはもともと一つ一つの邑落のことだといっていますが、そのことも踏まえて。

**片山**　そうですね。島の世界は、基本的には海域世界と海洋世界に分かれ、海域世界というのは、いうならばグレーゾーンですね。大陸から海洋にかけて位置する。遷移帯というんでしょうか、そういうところがあると思います。日本列島がそうですし、インドネシアなんかもそうですし、それからイギリスなんていうのも無論そうです。おそらくインドネシアに限らず東南アジア世界というのは基本的には海域世界です。いろんなアスペクトで、そういう海域世界にある島と海洋世界にある島とは性格を異にするわけです。

**崎山**　まず他の島との関連において、つながっている島同士もあれば、まったく孤立している島もあるし、とくに東南アジアの場合でいうと、近年、大陸部と島嶼部と分けるけれど、島嶼部はまさにずっと連続している。それをインドネシアではヌサンタラっていうのですが、ヌサはジャワ語の島で、アンタラはサンスクリット語で間という複合語です。間を保ちつつずっとつながっている島じまという意味です。

大陸の方は、人の移動は割と簡単に行われます。ことばの系統についても、ややこしくて複雑です。島嶼のほうは隣の島とは割とよくつながっているわけですけれども、今では人の移動がかならずしも簡単とはいえない。それにもかかわらず、ことばの系統でいうとき、まさにオーストロネシア世界で統一されているわけです。語族でいうときれいに連続しています。これは何か、島の特徴に関係があるのかなという気がしますけど、それはどうでしょう。

**片山**　どうなんでしょう。これは言語だけについてではなく、いろんな文化要素についても、それから人間の身体特徴なんかについてもいえると思うんですけど、むしろ大きな島の場合ですと、陸地を通じてよりも周りに海がある方が、隣と交流するという現象が強くて、いろんな面で、島ならばこそ一様化してくるというようなところがあるのかと思います。

**崎山**　島では一種の自閉的な生活を保つけど、しかしそれだけで終わらないで、隣の島とも交流はして、でもやっぱり元の島に戻って来る。そういう意味では、島に戻す力があるというか。例えば、定期的に島と島とが交流するということも、とくにメラネシアではありますよね、クラのような伝統的交易として。（クラは、パプアニューギニアのトロブリアンド諸島を中心に、周辺の島々との間で定期的に行われる伝統的交易で、生活物資とともに、右まわりに首飾り、左まわりに腕輪が儀礼的に循環する。）

**片山**　そうですね。一般的に島人というのは案外、外界に対して渴望があるというのか、外に目を向けるっていうことが非常に強いんです。ただ、南太平洋の小さな孤島なんかの場合でしたら、いくら向けても、所詮はしがない渇望でしかないというようなところがあるんですけど、それがもっと島が多くなって、いわゆる島々の世界になりますと、外に目を向けて、実際に外と関係性を持つことが可能なわけですので、現実に交流というものがいろんな面で起こりうるというようなことがあると思います。

**崎山**　そうでしょうね。確かに島には両面があるんです。非常に自閉的かと思うと、一方で開放的な面がある。

**片山**　そうですね。自閉的なところっていうのは、そうならざるを得ない現実があるんですけど。ただ、島世界は自閉的なところが強いと規定してしまうのは、実は大陸の人間がするやり方なんじゃないでしょうか。実際には島の人っていうのは、現実にコンタクトが可能かどうかは別にして、案外、外に目が向いているんです。

**崎山**　でもやっぱり、出身はその島なんだから帰るところはその島なのですね。それが島の個性を作っていくインパクトになるのかもしれません。というのは、これは一般化することは難しいかもしれませんけど、沖縄は結構、島が多いところだけれども、島ごとにどうしてあんなふうに方言が違っているのかと不思議に思います。もしお互いに頻繁に交流していれば、ことばだって割と希釈化して、それほど変わっていかないと思うのだけれど。

私、宮古島には、沖縄がまだ復帰する前に調査に出かけたことがあるのですが、中舌母音のほか、舌尖母音があって、たとえば鳥はトゥズっていうんです。音声記号では[ɿ]と書くんですけれど、この母音が、宮古島から西に五十キロ離れた多良間島ではそり舌音のトゥル。といってもこれは音声記号で[ɭ]と書くのです。ところがなんとこの音が、多良間島からさらに十キロほど北にある水納島では発音がイに変わるのです。だから島のことはトゥイというのです。このように音声が各島で大きく変わっていくというのは、やはりそこにある種の歴史性を考えないと説明がつかない。かつ、島の間には意識の高低差があるようです。ことに多良間の人が水納の人の発音を聞くと、あれは子供のような発音であるといって、何というか見下げるところがあるし、それから水納の人は多良間の人の発音を、あれは何という変な難しい音であるかと評しています。

**片山**　私自身の経験ですが、若いころ頻繁に八重山に行っていたんですけど、黒島だとか小浜島とか鳩間島とかの島々で、方言レベルで本当に違うんです。よそ者が行っても分かるぐらい違うんです。僕ら言語学なんかまったく素人なんですけど、聞いて、あ、これはここの人だなって分かるぐらい違う。多分そういうことでしょうね。そういう島々の世界では、やっぱりそういうシチュエーションというか雰囲気、風土みたいなものがあるんでしょうか。方言分化する傾向が強いように思います。

**崎山**　結局、島は、決してそれ自身では自給自足できないけれど、やはり島は島で、年輪を重ねていくというか。

**片山**　島という一つのミクロコスモスは、住んでる人々にとっては自らのアイデンティティの原点になっていて、出ていくところであるし、また同時に帰っていくところでもあります。太平洋の島々などでは、非常に象徴的なことなんですけど、自分たちの「島」っていうのは基本的に黄泉の国なんです。至るところでそういう呼びかたをします。例えばポリネシアあたりではヘヌアとかエヌアっていうのを使うんですが、それはそういう意味を含んでるわけなんです。それはおそらく島というものが周りにカーテンを引いたようなものであって、いつもカーテンを開けてのぞきたいんですけど、だけど実際にはなかなかのぞけない。ただ周りに多くの島があれば、ついのぞいてしまいます。おや、あそこはちょっと違うな、面白そうだなっていう感じで行ってみたりとかするけれど、またそのカーテンの中に帰ってくる。そんな帰巣本能のようなことが、島の限界性というんでしょうか、あるいは島のアイデンティティを作ってるものじゃないかと思うんです。

**崎山**　ことばの系統の方でも、陸上での方言分布状態は、等語線がそれこそ入り組んで、要するに、太いのやら細いのやらバラバラの束になっているわけです。ところが島の世界は決してそうではないですね。ポリネシアは大三角形を形成しているのですけれど、等語線ではなくて系統的に境界線がぴしっと海上に引かれて、これがまさにポリネシア語圏です。かつ、メラネシアの中に位置するポリネシアン・アウトライアー（外郭ポリネシア語）は、これもそのまま直線で境界を引けるわけです。そういう意味では、大きな違いがありますね。

**片山**　そうでしょうね。私どもはよく、島世界では島モデルが作れると言うんですけど、大陸世界あるいは陸地の世界というのはそういうのは作れないんです。つまりそんなにはっきり分けるものがなくて、英語でアイソレーション・バイ・ディスタンスっていうんですけど、距離感みたいなものが分けてしまうわけです。したがって、ことばでも、大陸の場合は分けるものがないから、ぐちゃぐちゃになってる部分がどこかにあるわけですけど、島世界では、そういうぐちゃぐちゃになる部分は海の上にしかないわけです。

**崎山**　そうですね。

**片山**　海の上にはことばはありませんので。そういうはっきりした島というものをビジブルにとらえることができるようなものが、言語だけでなく文化的なものにもあるし、それからに人間の格好だとか体形だとかいったものにも結構みられます。

## 言語年代学と言語周圏論

**崎山**　言語学の方で言語年代学といって、基礎語彙を一〇〇語なり二〇〇語なり比べて、そこから複数のことばを比較してその分裂した年代を調べるという方法が、一九五〇年代にかなりはやったことがあり、これは放射能が半減してゆくという原理のアナロジーで、放射性同位体を単語の盛衰に当てはめてみたのです。アメリカ人のM・スワデシュという人が発案者なんですが、これは言語についてうまくいくはずがない。放射能の半減期は物理的な時間ですけれど、言語年代学は言語が分裂してから現在までの経過時間ですから。

陸上だと、人々が、明日じゃ別れましょうと言ってぱっと別れて、その後一切会わないということはおそらく起こり得ないと思うし、陸上の民族移動というのは、少しずつ少しずつ人の移動が累積していって、結果として、こっちとあっちでは違う言語集団が生まれているというようなことではないかと思うのです。島の場合は多分陸上では起こらないようなことが、現実的に起こったのでしょう。カヌーを作って旅に出て、二度と故郷の島には戻らないというようなことが。ポリネシアでは言語年代学が算出した年代と、考古学の調査結果とが合致する事例が結構ありますね。例えば、ハワイにはマルケサスから人が渡ったというふうに考古学ではいわれているのですが、これは西暦八世紀ごろです。とくにハワイのモロカイ島とかオアフ島に遺跡があり、そこから石斧とか釣り針が出ているのですが、ちょうどマルケサス語とハワイ語の分裂年代に一致するのです。

**片山**　それは多分、同じ島の世界でも島々の世界ではなくて、いわゆるポリネシアなんかの海洋島の世界の話だと思うんですけど、おそらく海洋島世界では、言語年代学は、非常に切り口鋭い武器になり得るんじゃないかと思います。ハワイとマルケサスの場合もそうですし、ニュージーランドとクック諸島とか、タヒチなんかの場合も多分、言語年代学で求められた数字が、考古学などで得られた数字とほとんど違わない。分かれた順序からいったら基本的には同じになるわけです。

**崎山**　とくにツアモツ、タヒチあるいはラロトンガでは、共通性が非常に高いんですね。

**片山**　そうですね。ツアモツ、タヒチ、それからクック諸島でも北部の方の、柴田紀男さんが調査しておられるあたりのことばは、基本的にほとんど同じみたいです。向こうの人たちに聞きましても、例えばクック諸島のあたりの人々がタヒチ語のラジオ放送を聞くと、半分ほどは分かるというんです。ニュージーランドとクック諸島やタヒチの人の間でも、半分は分かると思います。それが、西ポリネシアのトンガとかサモアとの間なんかになりますとほとんどだめなんです。

**崎山**　西と東が、ポリネシアでも少し違っているということですね。

**片山**　相当違う。そこらで生活する人々も相当違って意識してるんです。それを、同じ系統のことばとして、同じ言語としてひと束ねにできうるのは言語学者なんです。

ポリネシア語というのは、あれは一つの言語だといいますけど、向こうに住んでいる人は多分そう思ってないと思います。だけど一部では、音韻変化も少ないから、お互いによく分かるわけです。ツアモツとタヒチと北部クック諸島なんていうのは、距離的にいったらものすごい広がりなわけですけど、ことばでいったら、先ほどの柴田さんに聞くと、ほとんど同じようなことばを使っているというのでたまげるんです。

**崎山**　確かに地球上で、民族移動の結果としてあれだけの地域に分布している言語が、それほど違わないという点はちょっと驚きかもしれません。

**片山**　その答えは簡単でして、それは多分あの辺に人々が広がっていった歴史が非常に新しいってことが、大きく関係していると思うんです。せいぜい千年とか二千年の話でして。それからもう一つは、あのあたりの島は周りの島が見えないわけです。どこに島があるかなんて、どこに行っても分からんわけです。非常に隔絶されてるっていうことが大きいと思います。いったん先に行ってしまったら、前の母語との関係というのが時間と共にだんだん希薄になっていくわけです。

**崎山**　ことばの変化の仕方が非常に遅いとしかいいようがないんですけど。もちろん音韻は変わりますけれど。

**片山**　それは多分、外界からの刺激がないということが大きいのでしょう。新たに入ってこないわけです。何も。やっぱりことばというのは生き物です。だけど、一つの島という世界においては、隔絶性が強くなればなるほど生きている度合いが弱いというか、千年が一日のごとくっていう感じになって、新しいことばの発明とか、新しいことばが入ってくることがないために、いつまでも元のままの状態にとどまるんじゃないでしょうか。

そういう意味で、よく言語学の人たちは言語周圏論ということをおっしゃいますけど、ああいう辺境の地に行くほど昔ながらのことばが生きているっていうモデルが、とくにポリネシアの世界なんかでうまくいくんじゃないかと思います。

**崎山**　言語周圏論は、柳田国男が最初に述べた考えですが、確かに、池に石を投げれば周りに輪が広がっていくように、中心で発生した運動が周りに共通して残る。でも最近、各地で独自に新しい変化も現れるということも、考慮すべきだといわれていますけれど。

**片山**　でも、変化が起こるにはやっぱり外来の要素は欠かせないし、それからその土地土地、島ごとの生活環境というものが大きいんじゃないでしょうか。というのは、ポリネシアにも、大きな高い島があると同時に無数の小さい島があります。環礁島とか。高い島と低い島では、また言語が違うんです。先ほどの話でいいますと、マルケサスとハワイのことばが、昔ながらの関係を保って多く残っているのは、そういうことも関係しているんだと思います。

**崎山**　高い島というのは結局、その中で人口を養う能力も高いということですね。そこに人も集まりがちになる。環礁で食えなくなったらそっちに行くしかない。

**片山**　というか、多様な生活条件が可能だということですね。大きい島でしたら農耕もできるし、それからちょっと山のほうにいって鳥を捕ったりもできる。いろんな生活の形があり得るわけですけれども、小さい島に行くと、もっぱら魚捕りするだけとかの単純な生活環境しかないわけです。となると、鳥とか昆虫とかトカゲとか、そういうものに対することばはいらんわけですから、どんどんなくなっていくわけですけど、魚についてはみんな出世魚になるぐらい、事細かく名前を付けるわけです。そういうことが高い島ではあまりないんです。それだけ魚捕りに全面的に依存しなくても済む環境であることが大いに関係しているんだと思います。

**崎山**　ミクロネシアでも、大きな島だと航海術が意外に早く廃れてしまって、むしろ周りの小さい島の方が航海の知識を残しているのは、やっぱり高い島はもうそこで十分生活できるし、苦労して外洋へ出なくていいということなのかな。

**片山**　そうでしょうね。多分そうだと思います。

**崎山**　魚は周りの小さな島の人が捕ってくるし。そのような状況では、高い島のことばはドミナントで、小島の人はそこへ行って生活したりするから、ことばの高低差が生じてくるんですね。

**片山**　ちょっと脇道にそれますが、魚捕り専門の島では、すごいですよ。もうそれこそ魚の名前を聞こうと思ったら、同じ種に幾つも名前があるわけです。みんな出世魚なんです。五年や十年つきあったくらいでは、魚のことなんて、まだまだ、まったく分からないぐらいぐちゃぐちゃになってるわけです。ところが割と高い島、魚捕りへの依存性が強くないところでは非常に単純なんです。ボラならボラ、タイならタイ。それだけなんですね。

**崎山**　自分たちの住んでいる自然環境や生態といったものに、人間はやはり依存しているわけですから、そこを細かく認識していくのは、普通ありうることですね。ミクロネシアのパラオでは、出世ヤシなんです。ヤシの実が、まだヤシノキについている段階、落ちた段階、落ちてまだヤシ水が飲める段階、もうちょっと酸っぱくなった段階などなどで細かく呼び名が変わるのです。
**片山**　ポリネシアもすごいですよ。ココヤシに関係した名称だけで、多分一つの辞典ができます。
**崎山**　そうですね。確かにあれぐらい有用な植物ってないですね。まず不要な部分は何もない。
**片山**　そうですね。木の根っこぐらいのもんです。
**崎山**　そうそう。ミミズのような気根がいっぱい生えた根っこはどうにもならない。
**片山**　根っこはアカアカとかいって。
**崎山**　アカはオーストロネシア祖語由来で、植物の根という意味です。

## サモア女にトンガ男

**崎山**　フランス領ポリネシアの中では、タヒチ語が共通語のようですね。もちろんフランス語が優位ですが。
**片山**　そうですね。現在では、タヒチ語は共通語といいましょうか、一番広く通じることばになっています。ただ実際には、タヒチ本島ではむしろフランス語を使っていて、タヒチ語はそれほど使われていないんですけど。ただ、あのあたりで調査を始めようと思ったらまずタヒチ語から始めなければなりません。

**崎山**　いわゆる媒介言語ですね。片山さんがやっていらっしゃる、もうちょっと西の方にも何か共通語があるんでしょう。

**片山**　西の方は複雑ですね。サモア語が一番勢力が強い感じはします。

**崎山**　トンガ語は。

**片山**　トンガ語というのはサモア語と非常によく似ています。と言うのは、サモアとトンガっていうのは距離的にも近いですし、飛び石状にかなりつながっていますから。今から何百年も前から、トンガには大トンガ王国がありました。今もトンガは王国ですが、サモアっていうのはそのトンガ王国のまさに勢力圏ですし、フィジーもそうだったんです。とくに東の島々です。

今でもサモア女にトンガ男っていうことばが残ってまして、トンガに行って聞くんですけど、嫁さんもらうならサモアの女性をもらいなさいよっていうようなことを言っています。そういう意味でおそらく歴史的に交流が相当強くて、こと言語の面では、サモアのことばが、あのあたりの標準語的なものになってるみたいです。

**崎山**　そのサモア女にトンガ男ですけど、そうすると夫婦がお互いにそれぞれのことばをしゃべっていても…。

**片山**　まったく大丈夫です。

**崎山**　共通語、そのほかの第三言語はいらないわけですね。

**片山**　いらないです。トンガにもいっぱい島があって、あまり小さな島のことは分かりませんけど、少なくともサモアと、トンガの中の一番大きなトンガタプっていう島に関しては、お互いに不自由することはないと思います。あのあたりでサモア語がメインになっているのは、サモアという島がやたらと大きいからだと思うんです。サバイにしてもウポルにしても、日本から見たら小さな島ですけれども、南太平洋の感覚でいいますと、もうめちゃめちゃにでかい、これは大陸じゃないかと思うくらいでかいわけです。そういう大きい島のことばは、やっぱりそれだけ勢力も強いというか、インフルエンシャルなんじゃないでしょうか。

**崎山**　フィジーも大きな島ですけどね。

**片山**　そうですね。フィジーは今度は逆に大きすぎて、その中でてんでばらばらになってたりしますね。

## 十字路型と行き止まり型

**崎山**　片山さんは、島には十字路型、要するに回廊型とそれから行き止まり型があるとまえにおっしゃってますが、その点でポリネシアはどっちなんですか。

**片山**　行き止まり型ですね、完全に。

**崎山**　星が散らばるごとくに、それぞれの島が行き止まっているという。

**片山**　そうですね。基本的なことばは、だいたい音韻変化で解決できるんですけど、時々とんでもない島があります。例えばクック諸島。全部で十五の島でできてるわけですけど、その一番南にあるマンガイヤっていう相当辺鄙な島には、その島にしかないことばが結構あるんです。それは多分行き止まり型の島だからです。そこから先は南極しかないわけで、ことばがどんどん入ってきても出るところがないですから、そこで止まってしまうわけです。その代わり、ことばっていうのはいったん定着したら、次に入ってくるときにフィルター作用が働いて、全部が入ってこないですよね。全部が前のものに取り換わることはないですよね。となると古いことばが残り、またそこで発明されることばもあるわけですから、典型的な行き止まり型の現象が生じると思うんです。

**崎山**　その行き止まりというのは、例えばイギリスなんかもそうですか。

**片山**　そうなんじゃないですかね。あそこはいろんな起源のことばがたまりたまって重層的になっているとよく聞きますが。

**崎山**　英語はゲルマン語派に分類されているけれど、例えばドイツ語とかスウェーデン語とかデンマーク語とかなり構造が違うのです。これがゲルマン語と思うぐらいにずいぶん変化している。とくに古フランス語の影響を強く受けている。ですからそういう意味では、あの島にはいろんな言語要素がたまってきて、今の英語ができているのじゃないか、と私は思います。

そのさらに行き止まりは、アイスランドですか、アイスランド語は九世紀のノルウェー語を継承しているのですが、文法的にはほとんど変化していないといわれています。しかし、ことばは行き止まりになってしまうと、そこで独自の変化が起こってくるのではないでしょうか。その一つの例がインド洋上のアンダマン諸島の言語だと思うのですが。この島の言語系統は孤立的といわれています。それからイギリスのマン島では、ヨーロッパの先住民族のケルト系のマンクス語が残っていますね。オーストラリアのタスマニア島も、今ことばそのものは絶滅したけれども、かつてこの島に十数の部族が異なることばを話していたといわれています。

**片山**　そうなんでしょうね。酒を作る袋は取り換えないですから古いのが残るし、同時に袋が古くなってくるとまた、古いことばも時には変わったりしますけど。私どもは言語について素人ですけど、多分そういう十字路地帯あるいは回廊地帯と、行き止まり地帯っていうのは、いろんな学問の、とくに歴史系の学問の分析的な概念として成り立つんじゃないですかね。

**崎山**　大陸の場合、十字路っていうのは分かりますよね。シルクロードもありましたし。ただ大陸で行き止まりっていうのは、よっぽど特殊な事情がないと起こらないのではないでしょうか。谷底とか高地とか。やっぱり行き止まりというのは、どちらかというと島に起こりやすいタイプでしょうね。

**片山**　そうでしょうね。島世界ではかなり一般的にいろんなところ、いろんな地域、いろんな地方にあり得るってことなんじゃないでしょうか。

**崎山**　島同士の距離が互いに近くても、やはり行き止まりタイプになっているのが、ことにメラネシアに多いですね。島同士はそんなに離れていないけれど、ことばの差がものすごく大きく、これは東インドネシアからニューカレドニアあたりまでいた先住民の言語の影響ではないでしょうか。後から来たオーストロネシア語族は、ここで猛烈な言語接触と干渉を受け、それぞれが独自のことばを作っていったのでしょうね。ことばの数は多いですが、それぞれの話者は少ないのです。数千人とか、場合によったら数百人、数十人。それにまたお互い猛烈に差が大きいのです。なぜこのようになったのかについては、自分たちの民族としてのアイデンティティをことばに託すという、言語の勲章説があります。そのことばをしゃべることが、自分たちの集団にいるということの証しになるということです。

**片山**　その各島が、そういうアイデンティティを作る役割を果したのと同じような状況が、例えばニューギニアなんかでしたら、その島の中のそれこそ谷ごとに、あるいは盆地ごとに、あるいは川沿いごとにあったということですね。

**崎山**　そうですね。ただニューギニアは大きな島ですから、そのなかでお互いが自然的に孤立していたわけではないのですけどね。ただ生業上は非常に孤立して生活していたのです。例えば、自分の領域内に他の集団が入ってきたらすぐ争いになったりして。

**片山**　島の生活資源は、基本的に限られたものだから、外の世界に目は向けるけれど、よそ者が内なる世界に入ってくることに対しては、ものすごく敏感なところがあるんじゃないでしょうか。それは人間についてもそうだし、ことばについてもそうだし、もちろんいろんな文化、物質文化についてもそうですけど、物質文化の場合ですと、時々むちゃくちゃ素晴らしいじゃないかっていうものがありますから、それは容易に入ってくるけれど、ことばの場合ですと、なかなか入ってこないわけです。

文化の伝播と言語の拡散と人間の移動というのは、まったく別に考えなきゃいけないんだと思うんですけど、ときに言語というのは、人間の移動とはまったく違い、また文化要素や物質文化の拡散とも違った独特の動きを示すことがありますね。

**崎山**　そうなんです。とくにことばというのは、そのことばをしゃべるということが大いにメリットになる場合には、自分たちのことばを捨ててでもそっちに乗り換えますよ。つまりそのことばがしゃべれないと町では仕事も得られないとしたら。ニューギニアではそういう例がたくさん起こっていて、とくにマイナーなことばのしゃべり手は、どんどん自分固有のことばをトクピシンに切り替えてしまうという現象が起こっているのです。

**片山**　それはかなり近代っていうか、現代近くになっての話でしょう。

**崎山**　そうです。

**片山**　例えば貨幣経済が浸透して、お金が入るぞとか、あるいは何かいろんなものが手に入るぞとか、そういうことになってからの話ですね。

## グローバリズムと島の文化

**崎山**　それにしてもポリネシア語の変化は割と緩慢ですよね。

**片山**　それはやはり一つには時間の問題であって、一つには外部からの刺激がヨーロッパ人が来るまでなかったからです。

**崎山**　その意味では、やはりヨーロッパの影響は強いですよね。

**片山**　強いですね。あっという間に英語が強くなりフランス語が強くなって、決して英語との間に、あるいはフランス語との間にピジンといったものがポリネシアでは生まれなかったんです。

**崎山**　一つだけ例外は、バウンティ号で有名になったピトケアンですね。（バウンティ号は、イギリス軍船（艦長W・ブライ）の名で、一七八九年、トンガ諸島沖で船員が反乱を起こし、艦長派を海に追放した後、タヒチ島に戻った船員たちはタヒチ人女性と結婚し、新天地としてピトケアン島に移住した。）

**片山**　ピトケアン島。あれはそもそも舞台設定がそろい過ぎて。

**崎山**　実験場みたいになったのですね。ピジン、クレオール発生の。ただしこのクレオールは、現在消滅の危機にひんしています。

**片山**　そうですか。

**崎山**　ピトケアン島は、生活が非常に不便な孤島なのです。それで子孫がオーストラリアのノフォーク島に移住したのですけれど、ノフォークでは逆に脱ピジン化現象が起こって、みんな英語を使い出した。

**片山**　英語のほうがかっこいいと思ったんですかね。

**崎山**　ただし、ピトケアン語についてはかなり研究されていて、これは混合言語の貴重な資料となるでしょう。

**片山**　ピトケアン語っていうのは、ほんとうに英語とタヒチ語を足して二で割ったようなものだったわけですか。

**崎山**　そうです。英語も船員たちの英語ですから、イギリスの方言の影響が見られるようです。いわゆるロンドンのスタンダードな英語ではなくて、スコットランド方言とか。

太平洋の島々っていうとヨーロッパの列強に、トンガを除いて全部支配され、植民地化されたんですね。トンガは王国でしたから。列強の言語の影響が強くて、今でもフランス語などそうですが、列強が支配し続けているところもあります。ニューギニアは一応独立しましたけど、今ではトクピシンが島では一番使い手が多いのです。人口の三分の二以上にトクピシンが普及していますが、政治的には今も英語を公用語にしている。そういう意味で、現実に合わない現象が起こっています。

あとバヌアツは、ビスラマを公用語にしています。このことばは、ニューギニアのトクピシンと言語構造面でほぼ同じです。バヌアツはフランスとイギリス両国が統治するという、妙な形態の植民地だったのです。ですから両方とも公用語にすることはできないということで、結局、ビスラマが公用語の地位を獲得しました。マスコミもビスラマを奨励していますが、学校ではまだ正規に採用していないのではないかな。英語系、フランス語系の学校が支配していますので。

結局、オセアニアでいうと、やはりグローバル化というのはまず十九世紀から始まるのでしょうか。ヨーロッパのあちこちの国から燃料油の原料を求めて捕鯨に来たわけです。散々捕りつくしておいて、今は捕鯨禁止といっているのだから、まったく自分勝手もいいところですが、まあそれはともかく、ヨーロッパのあちこちの島への寄航が始まりました。

**片山**　実際に捕鯨に関しては、そもそもポリネシア人の間には捕鯨文化はなかったんですけど、十九世紀にヨーロッパ系の、とくにアメリカ系の人々の商業捕鯨の影響で、ニュージーランドとトンガとで、捕鯨文化が生まれるんです。ただし、これは地域色の強い文化で、商業捕鯨ではないんです。例えば、トンガだったら、ハーパイという島で年間ミンク鯨を十頭捕る、それ以上決して捕らないわけです。

**崎山**　食用にするわけですね。

**片山** そうです。そういう捕鯨文化が生まれたのです。ところが今またそれはだめになった。法律に触れるわけです。トンガでもニュージーランドでもチャタム諸島なんかでも、いったん生まれた捕鯨文化が廃れました。そういうふうにヨーロッパ人のエゴによって、むちゃくちゃにされているのが現実です。

それから貨幣のことが面白いですね。お金っていうのはなかったわけでしょう。お金に相当することばはないですよね。

**崎山** ないですね。英語のマニーにあたることばは、借用語か他のことばの転用になります。バヌアツでは、貨幣の単位をバトゥというのですが、これはオーストロネシア祖語で石という意味です。しかし、石には霊力があるとも考えられていた。

**片山** そうですね。航海の時なんかでも、必ず石を持っていきますね。

**崎山** お守りの一種ですね、護符というか。この文化は、今もインドネシアで男女を問わず、宝石といってもあまり高価には見えませんが、指輪をしている人が多いのに見受けられます。

**片山** 航海では、行った先に置いてくるんです。行ったときにセレモニーがあるじゃないですか。今はなくなりましたけど、カバを飲んでから踊ったり、それからヒメネ、歌を歌って、そのときに持ってきた石を必ず、でんと置くわけです。それが友好の印だったわけです。

**崎山** ヨーロッパ人によって、いろいろな病気が持ち込まれたのも、今は問題になっていますね。それから、アルコールですね。これは一番ひどい害をもたらしました。ある島の状況はほんとに深刻です。朝っぱらから酒を飲んでいて、調査もさせてもらえないことがありますよ。

**片山**　訳が分からなくなるでしょ。暴力は振るいますし、刀傷沙汰は出てくるし、それからもう一つ大きな社会的な問題として、自殺。そういうのはなかったんですよ、昔は、ポリネシア社会には。

**崎山**　理由は何ですか。

**片山**　グローバリゼーションでしょう。酒を飲んだり、あるいはお金がからんだり、誰かといさかいを起こしたとか。昔は、時間はなかったじゃないですか。今日も明日も昨日も一緒だったんですけど、今は明日のことも考えなきゃいけなくなってきたわけです。

**崎山**　つまり貨幣経済です。

**片山**　そうなんです。明日を考えると、どうしても絶望的になったりする人が出てくるのではないですかね。

**崎山**　やはり、裕福な者、貧しい者の差が出てきているのです。いわゆる金持ちとそうでない者。そして金持ちが自分も狙われる身となる。

**片山**　強盗は出てくるし、暴力が多くなってきましたね。これはここ二、三十年の間の出来事ですよ。かつて七十年代ごろというのは、タヒチあたりでは年間統計で、自殺者というのは二人しかいなかった。二人とも日本人だったのです。学者さんです。

**崎山**　それは何かよほど訳があったのでしょうね。

**片山**　それからことばも結構乱れてきてるではないですか。そもそも、ポリネシアの人々の間では、あいさつなんてなかった。おはようとかこんにちはなどというのは。それが今は多くのところである。クック諸島でしたらペイエヤコエっていうんですけど、英語に直訳したらハウアーユー。そういうのがいつの間にか出てきた。あれは昔からあったものじゃないと思います。

**崎山**　それはミクロネシアの島々でも同じで、朝、挨拶しませんね。にやっと笑うか、それでいいんです。

**片山**　眉を上げたり下げたり。

**崎山**　近年とくに具合が悪いことは、島を利用した核実験です。イギリスは…。

**片山**　クリスマス島です。

**崎山**　フランスはムルロア環礁で、アメリカはマーシャル諸島でやった。もう一つこれは、社会問題になっている排ガスによる地球温暖化で海面が上昇し、沈没する島国が出てきたことです。ツバルがそうです。

**片山**　キリバスも。

**崎山**　このような陥没する島は、今後さらに増えていくかもしれない。

**片山**　それから肥満。肥満化はまさに現代、ここ何十年かで起こった現象なんです。今ポリネシアの多くの国々には、それこそ小錦みたいな人とか、女小錦みたいな人がうじゃうじゃしてますけど、一〇〇年前にはああいう人は多分いなかったんです。十八世紀から十九世紀ごろにかけてヨーロッパの探検航海者たちが行って、いっぱいポートレートとか残してるのを見ると、見事にみんな筋肉質でスリムなんですけど、今はもうまったく様変わりしてるんです。彼らの体には、余分な栄養を摂取した場合に脂肪分として蓄える倹約遺伝子というものがあると言われています。

そもそも島社会では、日に三度三度飯を食わない。昔のポリネシアなんかでは多分一食を食わなかった日もあったんじゃないですか。今でもせいぜいみんな一食か二食です。

**崎山**　ミクロネシアでもまだそういう島が多いですね。コシャエ島で聞いた話ですが、イルカが捕れると、親族が集まって朝から晩まで食って食って、最初は寄ってくる犬を追っ払ったりしているのですが、腹がくちくなってくるともうぐったりして、犬でもなんでも残りはもってけ、となるそうです。で後、二、三日、または一週間ぐらいは何も食べない。飽食の典型的な例ですね。

**片山**　でしょ。その代わり食う時は盛大に食いますけど。食いだめできるシステムが体の中にあるんですね。そういう遺伝的なメカニズムがあるんです。それがあるときから日に三度三度ちかく、高カロリーのものを食うわけです。どうなるかは推して知るべしです。

## 島の時間

**片山**　先ほど話した、時間はなかったってこととつながるんですけど、島の場合は歴史性がないです。歴史はあるんだけれど、例えばサモアだったら三千年前に植民されてこんにちまであるんですけど、多分サモアの人にとっては、その歴史性はまったくないにも等しくて、三千年が一日のごとくあるわけです。今は「明日」が出てきたといいましたけど、ついこの間までは昨日も今日も明日もなかったんです。多分ことばのレベルの話でも、時制というものがものすごくいい加減でしょう。

**崎山**　時制というのは、あまりきちっと区別されませんね。とくに動詞にはそのような仕組みは備わっていない。

**片山**　いわないですね。そもそも演説したりなんかしている時は、まったく付けない。日常的にしゃべってる時は、完了の小辞クワァとかカアとか付けて、ああこれは昨日の事だって分かるんですけど。

**崎山**　確かにインドネシア語のような大言語でも、時制は文脈に依存し理解されていて、時制を述べるための文法的仕組みはもっていません。

**片山**　オーストロネシア語というのはみんなそうなんですか。

**崎山**　基本はアスペクトです。まだその状態が続いているか否か、という。時制というのは、客観的物理的な基準で判断されますが、アスペクトは、人間生活が中心にあり、そこでどういうふうに時が経過し、進行し、終了するかという意識に基づいています。

**片山**　意識の問題として、やっぱり時間の概念があんまりないんじゃないですか。

**崎山**　時間はなくはないのですけど。しかし、時、分ということばは、どこでもすべて借用語ですね。ただし、自然界からの情報として、星座歴という星や星座を利用する暦、これはミクロネシアの暦の特徴でしょうね。

**片山**　ポリネシアにもあったのではないでしょうか。今は多分ほとんどのところでなくなったと思いますが。

**崎山**　こういう知識は現代の日常生活で廃れやすいのでしょう。星の位置に基づいて、一年を知る。島によって異なりますが、一年を大体十三月あるいは十五月に分けるのです。真上を南中する星の、朝太陽の昇る直前に東の空で輝く、それを目印にしているのです。ミクロネシアでは、最近までその知識が残っていました。

**片山**　月よりも星を大事にする社会というのは、島社会でしょうね。星というのは、水平線を出て、水平線に沈まないと意味がないわけで、中途半端な山の上から出てきて山の上に沈んでもあんまり意味がないですからね。

『月刊言語』三三（一）：二四－四一、二〇〇三、大修館書店

## あとがき―ブンガワンソロ

校正刷りを待つ間に、京都の某講座で「インドネシアのことばと文化」という講義をした。参考にするため、日本人によく膾炙しているグサン（Gĕsang）作詞・作曲の「ブンガワンソロ」の原詩にもあたってみた。その結果、日本で原曲が正しく伝承されていないことが分かった。句読点を含む原詩が正しくない場合のほか、原詩が恣意的に意訳もしくは歪曲されている例もある。しかし、どの訳もグサン作詞としている。これは大変具合の悪いことだろう。グサン氏は何と思われる。

グサン・マルトハルトノ氏は一九一七年生まれのジャワ出身の音楽家、二〇一〇年に他界されているが、氏自ら録音した歌声がYouTubeで公開されている。グサン氏の名誉のため、その歌声に基づいて起した原文と私の訳を掲げる。なお、初心者のため、eと区別されるĕ（中舌母音）ならびに接辞をハイフンで示した。

Bĕngawan Solo「ブンガワンソロ」（グサン作詞・作曲、崎山理訳）

Bĕngawan Solo, riwayat-mu ini sĕ-dari dulu jadi pĕr-hati-an insani. Musim kĕmarau tak bĕr-apa air-mu, di musim hujan air mĕ-luap sampai jauh. Mata air-mu dari Solo tĕr-kurung gunung sĕ-ribu, air mĕng-

ソロ川よ、君の生い立ちは以前から人々の関心事だ。　乾季は水がさほどでもないが、雨季には水が溢れて遠くまで達する。　千の山々に囲まれたソロの源泉から水が流れ出て

alir sampai jauh,akhir-nya kĕ laut. Itu pĕrahu riwayat-nya dulu.Kaum pĕ-dagang sĕlalu naik itu pĕrahu.
遠くまで達し、遂に海へ。あの舟はソロ川の生い立ちを物語る。商人がいつも舟に乗っている。

川は流れるから、多くの民族が生き物に見立てることは普通にあり得ることである。千家元麿作詞（橋本国彦作曲）の「川」、Guy Béart の L'eau vive（邦題「河は呼んでる」）も然り。しかし、最後に海と合流した川はその存在が消えてしまうのでなく、小舟に変身し（mĕn-jelma）商い人が日々利用すると見たことであろう。ジャワ的アニミズムと考えてもよい。したがって、この歌にはジャワ的思考が籠められている。片山教授との対談でも述べたが、オーストロネシア系民族の自然物への畏敬がここでも見られ、また湯浅教授の対談で出てきた、数詞の千を物の多さに用いるジャワ的発想がここにもある。

最後に、本書が成るにあたって、風詠社編集部が細心の目配りをしてくださったことに、感謝したい。私事になるが、私の少年時代から何事をするにつけ寛容であった厳父母、嵩《たかし》と緑の御霊に本書を捧げたい。

二〇一七年八月

淡海《あわうみ》を望む寓居にて

崎山　理

## 【著者略歴】

崎山　理（さきやま　おさむ）

1937年　大阪市生まれ
1958年　甲南学園（神戸市）甲南高等学校卒業
1962年　東京外国語大学外国語学部卒業
1967年　京都大学大学院文学研究科言語学専攻単位取得退学
1964-1966年　インドネシア大学・ガジャマダ大学文学部給費留学
2004年　京都大学博士（文学）

1967-1978年　大阪外国語大学外国語学部講師・助教授
1978-1982年　広島大学総合科学部助教授
1982-2001年　国立民族学博物館助教授・教授
1984-1985年　パプアニューギニア大学学芸学部客員助教授
1989-2001年　総合研究大学院大学教授併任
1993-1994年　総合研究大学院大学文化科学研究科長
2001-2006年　滋賀県立大学人間文化学部教授
現在、国立民族学博物館・総合研究大学院大学・滋賀県立大学名誉教授

### ●著作・共著等

著書：『南島語研究の諸問題』弘文堂 1974年、*Comparative and historical studies of Micronesian languages*. School of Human Cultures, University of Shiga Prefecture, 2004、『日本語「形成」論―日本語史における系統と混合』三省堂 2017年。

編著：『言語学要説・上』明治書院 1989年、『日本語の形成』三省堂 1990年、『消滅の危機に瀕した言語の研究の現状と課題』（国立民族学博物館調査報告 39）2003年。

共編著：『言語人類学』至文堂 1984年、『消滅の危機に瀕した世界の言語―ことばと文化の多様性を守るために』明石書店 2002年、*The vanishing languages of the Pacific Rim*. Oxford University Press, 2007.

共訳書：A・マルティネ編『近代言語学体系』全4巻中 1,2,4巻 紀伊国屋書店 1971-1972年、ほか。

ある言語学者の回顧録 ―七十踰矩―

2017年11月9日　第1刷発行
著　者　崎山　理
発行人　大杉　剛
発行所　株式会社 風詠社
〒553-0001　大阪市福島区海老江 5-2-7
ニュー野田阪神ビル 4階
TEL 06（6136）8657　http://fueisha.com/
発売元　株式会社 星雲社
〒112-0005 東京都文京区水道 1-3-30
TEL 03（3868）3275
印刷・製本　シナノ印刷株式会社

ISBN978-4-434-23732-4 C0095